Chapter I: Down the Rabbit-Hole

Erstes Kapitel: Hinab in das Kaninchenloch

Alice was beginning to get very tired of sitting by her sister on the bank, and of having nothing to do: once or twice she had peeped into the book her sister was reading, but it had no pictures or conversations in it, 'and what is the use of a book,' thought Alice, 'without pictures or conversations?'

So she was considering, in her own mind (as well as she could, for the hot day made her feel very sleepy and stupid), whether the pleasure of making a daisy-chain would be worth the trouble of getting up and picking the daisies, when suddenly a White Rabbit with pink eyes ran close by her.

There was nothing so *very* remarkable in that; nor did Alice think it so *very* much out of the way to hear the Rabbit say to itself 'Oh dear! Oh dear! I shall be too late!' (when she thought it over afterwards, it occurred to her that she ought to have wondered at this, but at the time it all seemed quite natural); but, when the Rabbit actually *took a watch out of its waist-coat-pocket*, and looked at it, and then hurried on,

Alice wurde es allmählich zu langweilig, tatenlos neben ihrer großen Schwester am Bachufer zu sitzen. Ein paarmal hatte sie einen Blick in das Buch geworfen, das ihre Schwester gerade las, aber es waren weder Bilder noch Dialoge darin, «und was», dachte Alice, «taugt schon ein Buch ohne Bilder und Dialoge?»

Darum überlegte sie nun (so gut es eben ging, denn das warme Wetter machte sie ganz schläfrig und benommen), ob es die Mühe lohnen würde aufzustehen, um Gänseblümchen zu pflücken und sich daraus eine Kette zu machen. Plötzlich rannte ein weißes Kaninchen mit roten Augen dicht an ihr vorüber.

Daran war eigentlich nichts Besonderes, und Alice fand es auch nicht sehr verwunderlich, als das Kaninchen vor sich hinmurmelte: «Oje, oje! Ich komme bestimmt zu spät!» (Erst als sie später darüber nachdachte, fand sie, daß sie allen Grund zum Staunen gehabt hätte, aber zunächst erschien ihr alles ganz natürlich.) Als das Kaninchen dann aber auch noch eine Uhr aus der Westentasche zog, einen Blick darauf warf und weiterrannte, sprang Alice auf, denn nun

Alice started to her feet, for it flashed across her mind that she had never before seen a rabbit with either a waistcoat-pocket, or a watch to take out of it, and burning with curiosity, she ran across the field after it, and was just in time to see it pop down a large rabbit-hole under the hedge.

In another moment down went Alice after it, never once considering how in the world she was to get out again.

The rabbit-hole went straight on like a tunnel for some way, and then dipped suddenly down, so suddenly that Alice had not a moment to think about stopping herself before she found herself falling down what seemed to be a very deep well.

Either the well was very deep, or she fell very slowly, for she had plenty of time as she went down to look about her, and to wonder what was going to happen next. First, she tried to look down and make out what she was coming to, but it was too dark to see anything: then she looked at the sides of the well, and noticed that they were filled with cupboards and book-shelves: here and there she saw maps and pictures hung upon pegs. She took down a jar from one of the shelves as she passed: it was labelled 'ORANGE MAR-MALADE,' but to her great disappointment it was empty: she did not like to drop the jar, for fear of killing somebody underneath, so managed to put it into one of the cupboards as she fell past it.

'Well!' thought Alice to herself. 'After such a fall as this, I shall think nothing of tumbling down-stairs! How brave they'll all think me at home! Why, I wouldn't say anything about it, even if I fell off the top of the house!' (Which was very likely true.)

Down, down, down. Would the fall *never* come to an end? 'I wonder how many miles I've fallen by this time?' she said aloud. 'I must be getting somewhere near the centre of the earth. Let me see: that would be four thousand miles down, I think –' (for, you see,

wurde ihr klar, daß sie noch nie ein Kaninchen mit einer Westentasche, geschweige denn mit einer Taschenuhr, gesehen hatte. Voller Neugier lief sie ihm so schnell sie konnte über die Wiese nach und sah zum Glück gerade noch, wie es in einem großen Kaninchenloch unter einer Hecke verschwand.

Flugs folgte ihm Alice dort hinein, ohne lange zu überlegen, wie um alles in der Welt sie da je wieder hinauskommen sollte.

Der Bau verlief ein Stück weit geradeaus wie ein Tunnel, bog dann aber plötzlich nach unten ab, und zwar so unversehens, daß an ein Halten nicht mehr zu denken war und Alice einen, wie ihr schien, sehr tiefen Schacht hinunterfiel.

Entweder war der Schacht sehr tief, oder sie fiel sehr langsam, denn ihr blieb im Fallen genügend Zeit, sich umzusehen und zu überlegen, was wohl als nächstes geschehen werde. Erst versuchte sie hinunterzuspähen und festzustellen, was ihr dort bevorstand, aber in der Dunkelheit war nichts zu erkennen. Dann sah sie sich die Wände des Schachts an und bemerkte, daß überall Schränke und Bücherregale waren, und dazwischen hingen Landkarten und Bilder an Haken. Aus einem Regal, an dem sie gerade vorüberkam, nahm sie ein Glas mit der Aufschrift «Orangenmarmelade», aber zu ihrer großen Enttäuschung war es leer. Da sie befürchtete, unten könnte jemand zu Schaden kommen, wenn sie es einfach fallen ließe, stellte sie das Glas im Vorüberfallen in einen der Schränke zurück.

«Nach diesem Sturz», dachte Alice, «wird es mir bestimmt nichts mehr ausmachen, zuhause einmal die Treppe hinunterzufallen, und alle werden mich für sehr tapfer halten! Ich würde nicht einmal mehr ein Wort verlieren, wenn ich vom Dach fiele.» (Und damit hatte sie zweifellos recht.)

Hinab, hinab, hinab. Würde dieser Sturz denn gar kein Ende nehmen? «Wieviele Meilen bin ich wohl schon gefallen?» überlegte sie laut. «Gewiß komme ich inzwischen nahe an den Erdmittelpunkt. Da wäre ich dann – na, ich denke so ungefähr viertausend Meilen tief...» (Der-

Alice had learnt several things of this sort in her lessons in the school-room, and though this was not a *very* good opportunity for showing off her knowledge, as there was no one to listen to her, still it was good practice to say it over) '– yes, that's about the right distance – but then I wonder what Latitude or Longitude I've got to?' (Alice had not the slightest idea what Latitude was, or Longitude either, but she thought they were nice grand words to say.)

Presently she began again. 'I wonder if I shall fall right *through* the earth! How funny it'll seem to come out among the people that walk with their heads downwards! The antipathies, I think –' (she was rather glad there *was* no one listening, this time, as it didn't sound at all the right word) '– but I shall have to ask them what the name of the country is, you know. Please, Ma'am, is this New Zealand? Or Australia?' (and she tried to curtsey as she spoke – fancy, *curtseying* as you're falling through the air! Do you think you could manage it?) 'And what an ignorant little girl she'll think me for asking! No, it'll never do to ask: perhaps I shall see it written up somewhere.'

Down, down, down. There was nothing else to do, so Alice soon began talking again. 'Dinah'll miss me very much to-night, I should think!' (Dinah was the cat.) 'I hope they'll remember her saucer of milk at tea-time. Dinah, my dear! I wish you were down here with me! There are no mice in the air, I'm afraid, but you might catch a bat, and that's very like a mouse, you know. But do cats eat bats, I wonder?' And here Alice began to get rather sleepy, and went on saying to herself, in a dreamy sort of way, 'Do cats eat bats? Do cats eat bats?' and sometimes 'Do bats eat cats?' for, you see, as she couldn't answer either question, it didn't much matter which way she put it. She felt that she was dozing off, and had just begun to dream that she was walking hand in hand with Dinah, and was saying to her, very earnestly, 'Now, Dinah, tell

gleichen hatte Alice nämlich im Schulunterricht gelernt, und obwohl dies keine besonders günstige Gelegenheit war, um zu zeigen, was sie alles wußte – denn es hörte ihr ja niemand zu –, so war es doch eine gute Übung) «... ja, die Entfernung dürfte stimmen. Aber auf welchem Längen- und Breitengrad befinde ich mich wohl?» (Alice hatte zwar nicht die geringste Ahnung, was Längen- und Breitengrade waren, aber ihr gefielen diese Wörter, weil sie so bedeutungsvoll klangen.)

Bald fing sie wieder an. «Ob ich am Ende durch die ganze Erde hindurchfalle? Es wäre doch lustig, wenn ich bei den Menschen herauskäme, die mit dem Kopf nach unten laufen! ‹Antipathien› heißen sie, glaube ich...» (Diesmal war sie froh, daß ihr niemand zuhörte, denn dieses Wort klang nicht ganz richtig) «... aber ich werde mich nach dem Namen ihres Landes erkundigen müssen: Verzeihung, Madam, ist das hier Neuseeland oder Australien?» (Und dabei versuchte sie, einen Knicks zu machen. Stellt euch vor: einen Knicks zu machen, während man durch die Luft saust. Ob ihr das auch könntet?) «Dann wird sie mich aber für ein dummes kleines Ding halten. Nein, ich kann unmöglich fragen. Vielleicht steht es ja irgendwo angeschrieben.»

Hinab, hinab, hinab. Da sie sonst nichts zu tun hatte, fing Alice bald wieder an zu reden. «Dinah wird mich heute abend sicher sehr vermissen.» (Dinah war ihre Katze.) «Hoffentlich geben sie ihr zum Tee ihr Schälchen Milch! Liebste Dinah, ich wünschte, du wärst hier unten bei mir! Leider gibt es in der Luft keine Mäuse, aber vielleicht würdest du eine Fledermaus fangen. Das ist ja auch so eine Art Maus. Aber fressen denn Katzen auch Fledermäuse?» Und nun wurde Alice ganz schläfrig und murmelte schon halb im Traum: «Fressen Katzen Fledermäuse? Fressen Katzen Fledermäuse?» und manchmal auch «Fressen Fledermäuse Katzen?» denn da sie weder die eine noch die andere Frage beantworten konnten, kam es gar nicht darauf an, wie herum sie fragte. Sie merkte noch, wie sie einnickte, und gerade hatte sie angefangen zu träumen, sie gehe Hand in Hand mit Dinah spazieren und frage sie sehr ernst: «Also Hand aufs

me the truth: did you ever eat a bat?' when suddenly, thump! thump! down she came upon a heap of sticks and dry leaves, and the fall was over.

Alice was not a bit hurt, and she jumped up on to her feet in a moment: she looked up, but it was all dark overhead: before her was another long passage, and the White Rabbit was still in sight, hurrying down it. There was not a moment to be lost: away went Alice like the wind, and was just in time to hear it say, as it turned a corner, 'Oh my ears and whiskers, how late it's getting!' She was close behind it when she turned the corner, but the Rabbit was no longer to be seen: she found herself in a long, low hall, which was lit up by a row of lamps hanging from the roof.

There were doors all round the hall, but they were all locked; and when Alice had been all the way down one side and up the other, trying every door, she walked sadly down the middle, wondering how she was ever to get out again.

Suddenly she came upon a little three-legged table, all made of solid glass: there was nothing on it but a tiny golden key, and Alice's first idea was that this might belong to one of the doors of the hall; but, alas! either the locks were too large, or the key was too small, but at any rate it would not open any of them. However, on the second time round, she came upon a low curtain she had not noticed before, and behind it was a little door about fifteen inches high: she tried the little golden key in the lock, and to her great delight it fitted!

Alice opened the door and found that it led into a small passage, not much larger than a rat-hole: she knelt down and looked along the passage into the loveliest garden you ever saw. How she longed to get out of that dark hall, and wander about among those beds of bright flowers and those cool fountains, but she could not even get her head through the doorway; 'and even if my head *would* go through,' thought poor

Herz, Dinah, hast du schon mal eine Fledermaus gefressen?»
da landete sie mit einem Rums! Plumps! auf einem Haufen
dürrer Blätter und Ästchen, und ihr Sturz war zu Ende.

Alice hatte sich kein bißchen weh getan und stand gleich
wieder auf den Füßen. Sie sah nach oben, aber da war alles
dunkel. Vor ihr lag wieder ein langer Gang, und auch das
Weiße Kaninchen war wieder zu sehen, wie es eben davon-
hastete. Nun war Eile geboten, und Alice rannte los wie der
Wind. Als das Kaninchen um eine Ecke bog, hörte sie es
gerade noch sagen: «Ach du meine Ohren, wie spät es schon
ist!» Sie war ihm bereits dicht auf den Fersen, aber als sie die
Ecke erreichte, war es nicht mehr zu sehen. Sie befand sich
jetzt in einem langen, niedrigen Saal, der von einer Reihe
von Kronleuchtern erhellt wurde.

Ringsum befanden sich Türen, die aber alle verschlossen
waren, und nachdem Alice an jeder einzelnen gerüttelt hatte,
erst auf der einen und dann auf der anderen Seite des Saales,
ging sie bekümmert durch die Mitte zurück und fragte sich,
ob sie hier wohl je wieder herauskäme.

Plötzlich stand sie vor einem dreibeinigen Tischchen, das
ganz aus Glas war und auf dem nur ein winziger goldener
Schlüssel lag. Sofort kam ihr der Gedanke, er könnte zu
einer der Türen im Saal passen, aber ach! mal war das
Schlüsselloch zu groß, mal der Schlüssel zu klein – aufsper-
ren ließ sich jedenfalls keine damit. Als Alice es zum zwei-
tenmal versuchte, bemerkte sie einen kleinen Vorhang, den
sie zuvor übersehen hatte, und dahinter verbarg sich eine
niedrige, etwa zwei Spannen hohe Tür. Sie steckte das goldene Schlüsselchen in das Schloß, und zu ihrer großen
Freude paßte es!

Alice öffnete die Tür und sah, daß dahinter ein enger
Gang lag, kaum höher als ein Mauseloch. Sie kniete nieder
und erblickte am Ende des Ganges den schönsten Garten, den
man sich nur denken kann. Wie gern hätte sie da den düste-
ren Saal verlassen, um zwischen den bunten Blumenbeeten
und kühlen Brunnen umherzuspazieren, aber nicht einmal
ihr Kopf paßte durch das Türchen. «Und selbst wenn er
wirklich hindurchginge», dachte die arme Alice, «wäre er

Alice, 'it would be of very little use without my shoulders. Oh, how I wish I could shut up like a telescope! I think I could, if I only knew how to begin.' For, you see, so many out-of-the-way things had happened lately, that Alice had begun to think that very few things indeed were really impossible.

There seemed to be no use in waiting by the little door, so she went back to the table, half hoping she might find another key on it, or at any rate a book of rules for shutting people up like telescopes: this time she found a little bottle on it ('which certainly was not here before,' said Alice), and tied round the neck of the bottle was a paper label, with the words 'DRINK ME' beautifully printed on it in large letters.

It was all very well to say 'Drink me,' but the wise little Alice was not going to do *that* in a hurry. 'No, I'll look first,' she said, 'and see whether it's marked *"poison"* or not'; for she had read several nice little stories about children who had got burnt, and eaten up by wild beasts, and other unpleasant things, all because they *would* not remember the simple rules their friends had taught them: such as, that a red-hot poker will burn you if you hold it too long; and that, if you cut your finger *very* deeply with a knife, it usually bleeds; and she had never forgotten that, if you drink much from a bottle marked 'poison,' it is almost certain to disagree with you, sooner or later.

However, this bottle was *not* marked 'poison,' so Alice ventured to taste it, and, finding it very nice (it had, in fact, a sort of mixed flavour of cherry-tart, custard, pine-apple, roast turkey, toffee, and hot buttered toast), she very soon finished it off.

'What a curious feeling!' said Alice. 'I must be shutting up like a telescope!'

And so it was indeed: she was now only ten inches high, and her face brightened up at the thought that

ohne meine Schultern nicht viel nütze. Ach, ich wünschte, ich könnte mich zusammenziehen wie ein Teleskop! Ich könnte es bestimmt, wenn ich nur wüßte, wie ich anfangen soll.» Denn in kurzer Zeit waren Alice ja schon so viele seltsame Dinge zugestoßen, daß sie kaum noch etwas für unmöglich hielt.

Da es wenig Sinn hatte, länger an dem Türchen zu verharren, ging sie noch einmal zu dem Tisch, wobei sie im stillen hoffte, einen zweiten Schlüssel zu finden oder wenigstens ein Buch mit Erklärungen, wie man sich teleskopartig zusammenzieht; doch fand sie diesmal nur ein Fläschchen vor («das vorhin bestimmt noch nicht da war», sagte Alice), und an diesem Fläschchen hing ein Zettel, auf dem in schönen großen Druckbuchstaben «TRINK MICH» stand.

Die Aufforderung «Trink mich» war zwar gut und schön, aber Alice war zu klug, um ihr gleich zu folgen. «Nein», sagte sie, «erst sehe ich einmal nach, ob nicht irgendwo ‹Gift› draufsteht.» Sie hatte nämlich allerlei von Kindern gelesen, die verbrannt oder von wilden Tieren verspeist worden waren oder ähnlich Unangenehmes erlebt hatten, nur weil sie immer die einfachen Regeln mißachteten, die wohlmeinende Menschen ihnen beigebracht hatten, zum Beispiel, daß man sich verbrennt, wenn man ein glühendes Schüreisen zu lange in der Hand hält; oder daß man im allgemeinen blutet, wenn man sich mit einem Messer ganz tief in den Finger schneidet. Und sie hatte nie vergessen, daß es einem früher oder später höchstwahrscheinlich übel wird, wenn man zu viel aus einer Flasche trinkt, auf der «Gift» steht.

Da aber auf diesem Fläschchen nirgends «Gift» stand, faßte sich Alice ein Herz und nippte daran, und weil es ihr gut schmeckte (nämlich nach einer Mischung aus Kirschtorte, Vanillesoße, Ananas, gebratenem Truthahn, Karamel und gebuttertem Toast), hatte sie es bald ausgetrunken.

«Was für ein sonderbares Gefühl!» sagte Alice. «Anscheinend ziehe ich mich zusammen wie ein Teleskop!»

Und so war es auch. Sie maß jetzt nur noch zehn Zoll, und ihre Miene hellte sich auf bei dem Gedanken, daß sie

she was now the right size for going through the little door into that lovely garden. First, however, she waited for a few minutes to see if she was going to shrink any further: she felt a little nervous about this; 'for it might end, you know,' said Alice to herself, 'in my going out altogether, like a candle. I wonder what I should be like then?' And she tried to fancy what the flame of a candle looks like after the candle is blown out, for she could not remember ever having seen such a thing.

After a while, finding that nothing more happened, she decided on going into the garden at once; but, alas for poor Alice! when she got to the door, she found she had forgotten the little golden key, and when she went back to the table for it, she found she could not possibly reach it: she could see it quite plainly through the glass, and she tried her best to climb up one of the legs of the table, but it was too slippery; and when she had tired herself out with trying, the poor little thing sat down and cried.

'Come, there's no use in crying like that!' said Alice to herself rather sharply. 'I advise you to leave off this minute!' She generally gave herself very good advice (though she very seldom followed it), and sometimes she scolded herself so severely as to bring tears into her eyes; and once she remembered trying to box her own ears for having cheated herself in a game of croquet she was playing against herself, for this curious child was very fond of pretending to be two people. 'But it's no use now,' thought poor Alice, 'to pretend to be two people! Why, there's hardly enough of me left to make *one* respectable person!'

Soon her eye fell on a little glass box that was lying under the table: she opened it, and found in it a very small cake, on which the words 'EAT ME' were beautifully marked in currants. 'Well, I'll eat it,' said Alice, 'and if it makes me grow larger, I can reach the key; and if it makes me grow smaller, I can creep under

16
17

nun durch das Türchen paßte, um in jenen schönen Garten zu gelangen. Sie wartete aber erst noch ein paar Minuten um zu sehen, ob sie noch weiter schrumpfte.

Davor war ihr ein wenig angst, «denn wer weiß», dachte Alice, «ob ich dann nicht am Ende ganz verlösche, wie eine Kerze. Wie ich dann wohl aussähe?» Und sie versuchte, sich vorzustellen, wie eine Kerzenflamme aussieht, wenn man sie ausgepustet hat, denn sie konnte sich nicht erinnern, so etwas je gesehen zu haben.

Nach einem Weilchen merkte sie, daß sich nichts weiter veränderte, und sogleich wollte sie in den Garten gehen – aber ach! als die arme Alice an die Tür kam, da hatte sie den kleinen goldenen Schlüssel vergessen, und als sie ihn von dem Tisch holen wollte, mußte sie feststellen, daß sie ihn unmöglich erreichen konnte. Durch das Glas konnte sie ihn zwar ganz deutlich sehen, und sie versuchte mit aller Kraft, an einem der Tischbeine hinaufzuklettern, aber es war zu glatt. Schließlich war das arme kleine Ding davon so erschöpft, daß es sich hinsetzte und weinte.

«Ach, was soll denn dieses Weinen!» sagte Alice ziemlich streng zu sich selbst. «Hör sofort auf damit!» Die Ratschläge, die sie sich erteilte, waren meistens sehr gut (obgleich sie sie nur selten befolgte), und manchmal schimpfte sie so heftig mit sich, daß ihr die Tränen kamen. Einmal, so wußte sie noch, wollte sie sich sogar eine Ohrfeige geben, weil sie gemogelt hatte, als sie Krocket gegen sich selber spielte. Dieses merkwürdige Kind stellte sich nämlich gern vor, eigentlich zwei Personen zu sein. «Aber im Augenblick ist es Unsinn, so zu tun, als wäre ich zwei», dachte die arme Alice. «Was von mir noch übrig ist, reicht ja kaum für *eine* anständige Person.»

Kurz darauf fiel ihr Blick auf ein gläsernes Kästchen unter dem Tisch. Als sie es öffnete, fand sie darin einen kleinen Kuchen, auf dem mit Rosinen die Worte «ISS MICH» geschrieben standen. «Nun, essen kann ich ihn ja», dachte Alice. «Wenn ich davon wachse, gelange ich an den Schlüssel; und wenn ich davon noch kleiner werde, kann ich unter

the door: so either way I'll get into the garden, and I don't care which happens!'

She ate a little bit, and said anxiously to herself 'Which way? Which way?', holding her hand on the top of her head to feel which way it was growing; and she was quite surprised to find that she remained the same size. To be sure, this is what generally happens when one eats cake; but Alice had got so much into the way of expecting nothing but out-of-the-way things to happen, that it seemed quite dull and stupid for life to go on in the common way.

So she set to work, and very soon finished off the cake.

der Tür durchkriechen. In jedem Fall komme ich dann in den Garten, und auf welche Weise, das ist mir gleich.»

Sie biß ein Häppchen davon ab und sagte ganz bange zu sich «Wachse ich oder schrumpfe ich?» während sie prüfend eine Hand auf ihren Kopf legte um zu sehen, ob sie größer oder kleiner würde. Zu ihrer großen Verwunderung änderte sich aber nichts. So geht es zwar meistens, wenn man Kuchen ißt, aber Alice rechnete inzwischen schon so fest mit etwas Außergewöhnlichem, daß es ihr ganz dumm und langweilig vorkam, wenn das Leben wie üblich weiterging.

Dann machte sie sich über den Kuchen her und aß ihn im Nu auf.

Chapter II: The Pool of Tears

Zweites Kapitel: Der Tränenteich

'Curiouser and curiouser!' cried Alice (she was so much surprised, that for the moment she quite forgot how to speak good English). 'Now I'm opening out like the largest telescope that ever was! Good-bye, feet!' (for when she looked down at her feet, they seemed to be almost out of sight, they were getting so far off). 'Oh, my poor little feet, I wonder who will put on your shoes and stockings for you now, dears? I'm sure *I* sha'n't be able! I shall be a great deal too far off to trouble myself about you: you must manage the best way you can – but I must be kind to them,' thought Alice, 'or perhaps they wo'n't walk the way I want to go! Let me see. I'll give them a new pair of boots every Christmas.'

And she went on planning to herself how she would manage it. 'They must go by the carrier,' she thought; 'and how funny it'll seem, sending presents to one's own feet! And how odd the directions will look!

Alice's Right Foot, Esq.
Hearthrug,
near the Fender,
(with Alice's love).

«Das wird ja immer seltsamerer!» rief Alice aus (die vor Erstaunen für einen Augenblick vergaß, wie es richtig heißt). «Jetzt ziehe ich mich auseinander wie das größte Teleskop der Welt. Adieu, ihr Füße!» (Denn als sie an sich hinuntersah, waren ihre Füße schon ganz weit entfernt und kaum noch zu erkennen.) «Ach, meine armen Füßchen! Wer wird euch denn jetzt die Schuhe und Strümpfe anziehen, ihr Lieben? *Ich* werde das gewiß nicht mehr können, denn ich werde viel zu weit weg sein, um mich um euch zu kümmern. Ihr müßt sehen, wir ihr allein zurechtkommt. – Aber ich muß nett zu ihnen sein», dachte Alice, «sonst gehen sie vielleicht nicht dahin, wo ich hin will. Ja, ich werde ihnen jedes Jahr zu Weihnachten ein neues Paar Stiefel schenken.»

Und sie malte sich aus, wie das zu geschehen habe. «Sie müssen per Boten gesandt werden», dachte sie. «Es muß komisch sein, Geschenke an die eigenen Füße zu schicken! Und wie seltsam die Anschrift aussehen wird:

An Herrn Alicenfuß-Rechts
Am Kaminplatz
Nähe Feuer
(mit Grüßen von Alice)

Oh dear, what nonsense I'm talking!'

Just at this moment her head struck against the roof of the hall: in fact she was now rather more than nine feet high, and she at once took up the little golden key and hurried off to the garden door.

Poor Alice! It was as much as she could do, lying down on one side, to look thorugh into the garden with one eye; but to get through was more hopeless than ever: she sat down and began to cry again.

'You ought to be ashamed of yourself,' said Alice, 'a great girl like you,' (she might well say this), 'to go on crying in this way! Stop this moment, I tell you!' But she went on all the same, shedding gallons of tears, until there was a large pool all round her, about four inches deep, and reaching half down the hall.

After a time she heard a little pattering of feet in the distance, and she hastily dried her eyes to see what was coming. It was the White Rabbit returning, splendidly dressed, with a pair of white kid-gloves in one hand and a large fan in the other: he came trotting along in a great hurry, muttering to himself, as he came, 'Oh! The Duchess, the Duchess! Oh! *Wo'n't* she be savage if I've kept her waiting!' Alice felt so desperate that she was ready to ask help of any one: so, when the Rabbit came near her, she began in a low, timid voice, 'If you please, Sir –' The Rabbit started violently, dropped the white kid-gloves and the fan, and skurried away into the darkness as hard as he could go.

Alice took up the fan and gloves and, as the hall was very hot, she kept fanning herself all the time she went on talking. 'Dear, dear! How queer everything is to-day! And yesterday things went on just as usual. I wonder if I've been changed in the night? Let me think: *was* I the same when I got up this morning? I almost think I can remember feeling a little different. But if I'm not the same, the next question is "Who in the world am I?" Ah, *that's* the great puzzle!' And she

Ach, was rede ich nur für einen Unsinn!»

In diesem Augenblick stieß ihr Kopf gegen die Saaldecke, denn sie war inzwischen schon fast drei Meter groß. Rasch nahm sie das goldene Schlüsselchen und eilte damit zur Gartentür.

Arme Alice! Sie konnte sich nur seitlich davorlegen und mit einem Auge hinaus in den Garten spähen. Durch die Tür zu kommen, war aber noch aussichtsloser als zuvor. Da setzte sie sich hin und fing wieder an zu weinen.

«Du solltest dich schämen, so zu weinen!» sagte Alice. «Ein großes Mädchen wie du» (das konnte man wohl sagen!). «Hör sofort auf damit!» Aber sie weinte trotzdem weiter und vergoß Ströme von Tränen, bis um sie her ein großer, etwa vier Zoll tiefer Teich entstanden war, der den Boden des Saales zur Hälfte bedeckte.

Nach einer Weile hörte sie von ferne ein Trippeln, und rasch trocknete sie ihre Tränen, um zu sehen, was sich da näherte. Es war das Weiße Kaninchen auf dem Weg zurück. Fein gekleidet, mit weißen Glacéhandschuhen in der einen Hand und einem großen Fächer in der anderen, kam es in höchster Eile angerannt und murmelte dabei vor sich hin: «Oh, die Herzogin, die Herzogin! Wie wird sie toben, wenn ich sie warten lasse!» Alice war inzwischen so verzweifelt, daß sie jeden um Hilfe gebeten hätte. Als das Kaninchen näher kam, sagte sie daher zaghaft und leise: «Verzeihung, Sir...» Das Kaninchen zuckte heftig zusammen, ließ die weißen Glacéhandschuhe und den Fächer fallen und verschwand, so schnell es seine Beine trugen, in der Dunkelheit.

Alice hob Fächer und Handschuhe auf, und da es im Saal sehr warm war, fächelte sie sich, während sie weitersprach, Luft zu. «Nein, so etwas! Wie merkwürdig es heute zugeht! Und dabei war gestern noch alles wie immer. Ob ich über Nacht eine andere geworden bin? Ich muß mal überlegen: War ich heute beim Aufstehen noch dieselbe wie früher? Ich glaube fast, daß ich mich da ein bißchen anders gefühlt habe. Aber wenn ich nicht mehr dieselbe bin, lautet die nächste Frage doch: Wer um alles in der Welt bin ich dann? Ja, das

began thinking over all the children she knew that were of the same age as herself, to see if she could have been changed for any of them.

'I'm sure I'm not Ada,' she said, 'for her hair goes in such long ringlets, and mine doesn't go in ringlets at all; and I'm sure I ca'n't be Mabel, for I know all sorts of things, and she, oh, she knows such a very little! Besides, *she's* she, and *I'm* I, and – oh dear, how puzzling it all is! I'll try if I know all the things I used to know. Let me see: four times five is twelve, and four times six is thirteen, and four times seven is – oh dear! I shall never get to twenty at that rate! However, the Multiplication-Table doesn't signify: let's try Geography. London is the capital of Paris, and Paris is the capital of Rome, and Rome – no, *that's* all wrong, I'm certain! I must have been changed for Mabel! I'll try and say "How doth the little –",' and she crossed her hands on her lap, as if she were saying lessons, and began to repeat it, but her voice sounded hoarse and strange, and the words did not come the same as they used to do:

'How doth the little crocodile
   Improve his shining tail,
And pour the waters of the Nile
   On every golden scale!

'How cheerfully he seems to grin,
   How neatly spreads his claws,
And welcomes little fishes in,
   With gently smiling jaws!

'I'm sure those are not the right words,' said poor Alice, and her eyes filled with tears again as she went on, 'I must be Mabel after all, and I shall have to go and live in that poky little house, and have next to no toys to play with, and oh, ever so many lessons to learn! No, I've made up my mind about it: if I'm

ist das große Rätsel!» Und dann ging sie in Gedanken alle Kinder ihres Alters durch, die sie kannte, um festzustellen, ob sie mit einem von ihnen vertauscht worden war.

«Ich bin gewiß nicht Ada», sagte sie. «Sie hat lange Lokken, und ich habe gar keine Locken. Und Mabel bin ich bestimmt auch nicht, denn ich weiß ja allerhand, und sie – na! sie weiß wirklich nicht viel. Außerdem ist sie doch *sie*, und ich bin *ich*, und – ach, ist das alles verwirrend! Ich will mal sehen, ob ich noch weiß, was ich mal gewußt habe. Also: vier mal fünf ist zwölf, und vier mal sechs ist dreizehn, und vier mal sieben ist . . . oh je, wenn das so weitergeht, komme ich nie bis zwanzig! Aber das Einmaleins hat nicht viel zu bedeuten. Ich versuch's mal mit Erdkunde. London ist die Hauptstadt von Paris, und Paris ist die Hauptstadt von Rom, und Rom . . . nein, das ist bestimmt alles falsch! Ich bin also doch mit Mabel vertauscht worden! Mal sehen, ob ich noch ‹Wie hübsch macht sich das Bienchen klein› aufsagen kann.» Sie faltete die Hände im Schoß, als sollte sie ihre Hausaufgaben vortragen, und sprach die Verse, aber ihre Stimme klang heiser und fremd, und die Worte waren nicht dieselben wie sonst:

> Wie hübsch macht sich das Krokodil
>   Den güldnen Schuppenschwanz!
> Es träufelt Wasser aus dem Nil
>   Darauf und gibt ihm Glanz.
>
> Wie lieb es grinst, wie wohlig-faul
>   Es seine Krallen streckt!
> Grüßt jeden Fisch in seinem Maul,
>   Indem's die Zähne bleckt.

«Aber so heißt es doch gar nicht!» sagte die arme Alice, und wieder traten ihr die Tränen in die Augen, als sie fortfuhr: «Dann bin ich wohl doch Mabel und werde in diesem engen Häuschen wohnen und kaum Spielsachen haben und schrecklich viele Schulaufgaben machen müssen! Nein, eins steht für mich fest: Wenn ich Mabel bin, bleibe ich hier

Mabel, I'll stay down here! It'll be no use their putting their heads down and saying "Come up again, dear!" I shall only look up and say "Who am I, then? Tell me that first, and then, if I like being that person, I'll come up: if not, I'll stay down here till I'm somebody else" – but, oh dear!' cried Alice, with a sudden burst of tears, 'I do wish they *would* put their heads down! I am so *very* tired of being all alone here!'

As she said this she looked down at her hands, and was surprised to see that she had put on one of the Rabbit's little white kid-gloves while she was talking. 'How *can* I have done that?' she thought. 'I must be growing small again.' She got up and went to the table to measure herself by it, and found that, as nearly as she could guess, she was now about two feet high, and was going on shrinking rapidly: she soon found out that the cause of this was the fan she was holding, and she dropped it hastily, just in time to save herself from shrinking away altogether.

'That *was* a narrow escape!' said Alice, a good deal frightened at the sudden change, but very glad to find herself still in existence. 'And now for the garden!' And she ran with all speed back to the little door; but, alas! the little door was shut again, and the little golden key was lying on the glass table as before, 'and things are worse than ever,' thought the poor child, 'for I never was so small as this before, never! And I declare it's too bad, that it is!'

As she said these words her foot slipped, and in another moment, splash! she was up to her chin in salt-water. Her first idea was that she had somehow fallen into the sea, 'and in that case I can go back by railway,' she said to herself. (Alice had been to the seaside once in her life, and had come to the general conclusion that, wherever you go to on the English coast, you find a number of bathing-machines in the sea, some children digging in the sand with wooden spades, then a row of lodging-houses, and be-

unten! Da können sie die Hälse recken, wie sie wollen, und herunterrufen: ‹Komm doch wieder zu uns, Liebling!› Ich werde nur hinaufsehen und fragen: ‹Wer bin ich denn? Sagt mir das erst mal, und wenn ich diese Person sein mag, komme ich hinauf. Wenn nicht, dann bleibe ich hier unten, bis ich jemand anderes bin.› – Ach, ich wünschte, es würde mal jemand zu mir heruntersehen!» schluchzte Alice plötzlich auf. «Ich habe es satt, ganz allein hier zu sein!»

Bei diesen Worten warf sie einen Blick auf ihre Hände und bemerkte zu ihrem Erstaunen, daß sie beim Reden einen von den kleinen weißen Glacéhandschuhen des Kaninchens angezogen hatte. «Wie war das nur möglich?» dachte sie. «Anscheinend werde ich wieder kleiner.» Sie stand auf und ging zu dem Tisch, um daran ihre Größe zu messen. Dabei stellte sie fest, daß sie jetzt nur noch schätzungsweise zwei Fuß maß und weiter rasch schrumpfte. Bald entdeckte sie, daß das an dem Fächer lag, den sie in der Hand hielt, und schleunigst ließ sie ihn fallen – gerade noch rechtzeitig, sonst wäre sie ganz dahingeschwunden.

«Das ist nochmal gutgegangen!» dachte Alice. Die plötzliche Veränderung hatte ihr zwar einen Schrecken eingejagt, aber sie war froh, daß es sie überhaupt noch gab. «Und jetzt in den Garten!» Sie rannte, so schnell sie konnte, zu dem Türchen, aber das war leider wieder zugeschlossen, und der kleine goldene Schlüssel lag wie zuvor auf dem Glastisch, «und alles ist schlimmer denn je», dachte das arme Kind, «denn so klein wie jetzt war ich noch nie. Es ist wirklich ganz schlimm!»

Noch während sie das sagte, glitt sie aus, und im nächsten Augenblick lag sie, platsch! bis zum Kinn in Salzwasser. Zuerst dachte sie, sie sei irgendwie ins Meer gefallen, «und in diesem Fall kann ich ja mit der Eisenbahn nachhause fahren», dachte sie.

(Alice war nämlich früher einmal an der See gewesen und hatte seither die Vorstellung, überall entlang der englischen Küste stünden ein paar Badekarren im Wasser, einige Kinder spielten mit Holzschaufeln im Sand, dann kämen eine Reihe von Pensionen, und dahinter gäbe

hind them a railway-station.) However, she soon made out that she was in the pool of tears which she had wept when she was nine feet high.

'I wish I hadn't cried so much!' said Alice, as she swam about, trying to find her way out. 'I shall be punished for it now, I suppose, by being drowned in my own tears! That *will* be a queer thing, to be sure! However, everything is queer to-day.'

Just then she heard something splashing about in the pool a little way off, and she swam nearer to make out what it was: at first she thought it must be a walrus or hippopotamus, but then she remembered how small she was now, and she soon made out that it was only a mouse, that had slipped in like herself.

'Would it be of any use, now,' thought Alice, 'to speak to this mouse? Everything is so out-of-the-way down here, that I should think very likely it can talk: at any rate, there's no harm in trying.' So she began: 'O Mouse, do you know the way out of this pool? I am very tired of swimming about here, O Mouse!' (Alice thought this must be the right way of speaking to a mouse: she had never done such a thing before, but she remembered having seen, in her brother's Latin Grammar, 'A mouse – of a mouse – to a mouse – a mouse – O mouse!') The mouse looked at her rather inquisitively, and seemed to her to wink with one of its little eyes, but it said nothing.

'Perhaps it doesn't understand English,' thought Alice. 'I daresay it's a French mouse, come over with William the Conqueror.' (For, with all her knowledge of history, Alice had no very clear notion how long ago anything had happened.) So she began again: 'Où est ma chatte?' which was the first sentence in her French lesson-book. The Mouse gave a sudden leap out of the water, and seemed to quiver all over with fright. 'Oh, I beg your pardon!' cried Alice hastily, afraid that she had hurt the poor animal's feelings. 'I quite forgot you didn't like cats.'

es einen Bahnhof.) Schon bald merkte sie aber, daß sie in dem Tränenteich lag, den sie geweint hatte, als sie noch neun Fuß groß war.

«Hätte ich doch nur nicht soviel geweint!» dachte Alice, während sie umherschwamm und versuchte, aufs Trockene zu gelangen. «Zur Strafe muß ich jetzt sicher in meinen eigenen Tränen ertrinken. Das wäre allerdings sehr sonderbar! Aber heute ist ja alles sonderbar.»

Da hörte sie in ihrer Nähe etwas im Teich planschen und schwamm darauf zu, um zu sehen, was es sei. Zuerst hielt sie es für ein Walroß oder Nilpferd, aber dann erinnerte sie sich, wie klein sie selber geworden war, und bald stellte sich heraus, daß es sich um eine Maus handelte, die wie sie ins Wasser gefallen war.

«Ob es wohl einen Zweck hat», überlegte Alice, «diese Maus anzusprechen? Hier unten ist ja alles so ungewöhnlich, daß ich mich nicht wundern würde, wenn sie reden könnte. Jedenfalls kann ich's mal versuchen.»

Also fing sie an: «O Maus, weißt du, wie man aus diesem Teich herauskommt? Ich habe es satt, hier herumzuschwimmen, o Maus!» (Alice hielt dies für die richtige Art, eine Maus anzureden. Sie hatte es zwar noch nie versucht, erinnerte sich aber, daß in der lateinischen Grammatik ihres Bruders stand: ‹die Maus – der Maus – der Maus – die Maus – o Maus›.) Die Maus sah sie fragend an und schien ihr mit einem Äuglein zuzuzwinkern, sagte aber nichts.

«Vielleicht versteht sie kein Englisch», dachte Alice. «Vermutlich ist es eine französische Maus, die mit Wilhelm dem Eroberer herübergekommen ist.» (Trotz ihrer Geschichtskenntnisse hatte Alice nie eine genaue Vorstellung, wie lange ein Ereignis schon zurücklag.) Sie fing also noch einmal an: «Où est ma chatte?» Das war der erste Satz in ihrem Französischbuch. Die Maus machte einen Satz aus dem Wasser und zitterte vor Entsetzen am ganzen Leib. «Oh, Verzeihung!» rief Alice hastig, denn es tat ihr leid, das arme Tier gekränkt zu haben. «Ich vergaß, daß du keine Katzen magst.»

'Not like cats!' cried the Mouse in a shrill, passionate voice. 'Would *you* like cats, if you were me?'

'Well, perhaps not,' said Alice in a soothing tone: 'don't be angry about it. And yet I wish I could show you our cat Dinah. I think you'd take a fancy to cats, if you could only see her. She is such a dear quiet thing,' Alice went on, half to herself, as she swam lazily about in the pool, 'and she sits purring so nicely by the fire, licking her paws and washing her face – and she is such a nice soft thing to nurse – and she's such a capital one for catching mice – oh, I beg your pardon!' cried Alice again, for this time the Mouse was bristling all over, and she felt certain it must be really offended. 'We wo'n't talk about her any more, if you'd rather not.'

'We, indeed!' cried the Mouse, who was trembling down to the end of its tail. 'As if *I* would talk on such a subject! Our family always *hated* cats: nasty, low, vulgar things! Don't let me hear the name again!'

'I wo'n't indeed!' said Alice, in a great hurry to change the subject of conversation. 'Are you – are you fond – of – of dogs?' The Mouse did not answer, so Alice went on eagerly: 'There is such a nice little dog, near our house, I should like to show you! A little bright-eyed terrier, you know, with oh, such long curly brown hair! And it'll fetch things when you throw them, and it'll sit up and beg for its dinner, and all sorts of things – I ca'n't remember half of them – and it belongs to a farmer, you know, and he says it's so useful, it's worth a hundred pounds! He says it kills all the rats and – oh dear!' cried Alice in a sorrowful tone. 'I'm afraid I've offended it again!' For the Mouse was swimming away from her as hard as it could go, and making quite a commotion in the pool as it went.

So she called softly after it, 'Mouse dear! Do come back again, and we wo'n't talk about cats, or dogs either, if you don't like them!' When the Mouse heard

«Nicht mag!» rief die empörte Maus mit schriller Stimme. «Würdest *du* an meiner Stelle Katzen mögen?»

«Nun, vielleicht nicht», sagte Alice beschwichtigend. «Sei mir nicht böse. Ich wünschte, ich könnte dir unsere Katze Dinah zeigen. Du würdest Katzen bestimmt mögen, wenn du sie sehen könntest. Sie ist so lieb und ruhig», fuhr Alice gedankenverloren fort, während sie langsam im Teich umherpaddelte, «und sie schnurrt so schön, wenn sie am Kamin sitzt und sich die Pfoten leckt und sich das Gesichtchen putzt – und sie ist so weich, wenn man sie streichelt – und sie ist so geschickt beim Mäusefangen – oh, Verzeihung!» rief Alice abermals, denn der Maus, die diesmal anscheinend sehr verletzt war, sträubten sich alle Haare. «Wir wollen nicht mehr über sie reden, wenn es dir lieber ist.»

«Wir?» rief die Maus, die bis in die Schwanzspitze zitterte. «Als ob *ich* je über so etwas reden würde! In meiner Familie haben wir Katzen immer gehaßt. Sie sind böse, tückisch und gemein. Ich will dieses Wort nicht mehr hören!»

«Bestimmt nicht!» sagte Alice, die das Thema schnell wechseln wollte. «Was ... was hältst du ... von ... von Hunden?» Die Maus schwieg, so daß Alice hastig fortfuhr: «In unserer Nachbarschaft wohnt so ein hübscher kleiner Hund. Den würde ich dir gerne mal zeigen. Es ist ein kleiner Terrier mit glänzenden Augen und einem ganz langen, lockigen braunen Fell. Und wenn man etwas wirft, apportiert er es; und er macht Männchen, wenn er etwas zu fressen will, und viele andere Kunststückchen – sie fallen mir jetzt gar nicht alle ein –, und der Farmer, dem er gehört, sagt, er sei so nützlich, daß er hundert Pfund wert ist! Er sagt, er tötet alle Ratten und ... ach je!» rief Alice bekümmert. «Jetzt habe ich sie schon wieder gekränkt.» Denn die Maus schwamm davon, so schnell sie konnte, und machte dabei im Teich hohe Wellen.

Darum rief sie ihr sanft nach: «Liebes Mäuschen, komm doch zurück! Wir wollen auch nicht mehr von Katzen oder Hunden reden, wenn du sie nicht magst.» Als die Maus das hörte, drehte sie um und kam langsam zurückgeschwom-

this, it turned round and swam slowly back to her: its face was quite pale (with passion, Alice thought), and it said, in a low trembling voice, 'Let us get to the shore, and then I'll tell you my history, and you'll understand why it is I hate cats and dogs.'

It was high time to go, for the pool was getting quite crowded with the birds and animals that had fallen into it: there was a Duck and a Dodo, a Lory and an Eaglet, and several other curious creatures. Alice led the way, and the whole party swam to the shore.

men. Sie war ganz blaß im Gesicht (vor Zorn, wie Alice meinte), und mit leiser, zitternder Stimme sagte sie: «Laß uns ans Ufer schwimmen. Dann will ich dir meine Geschichte erzählen, und du wirst verstehen, weshalb ich Katzen und Hunde verabscheue.»

Es wurde auch Zeit, den Teich zu verlassen, denn er füllte sich immer mehr mit Vögeln und anderen Tieren, die hineingefallen waren. Da waren eine Ente und eine Dronte, ein Lori und ein junger Adler sowie einige andere seltsame Geschöpfe. Alice schwamm voraus, und alle gingen ans Land.

Chapter III: A Caucus-Race and a Long Tale

Drittes Kapitel: Ein Proporz-Wettlauf und eine weitschweifige Geschichte

They were indeed a queer-looking party that assembled on the bank – the bird with draggled feathers, the animals with their fur clinging close to them, and all dripping wet, cross, and uncomfortable.

The first question of course was, how to get dry again: they had a consultation about this, and after a few minutes it seemed quite natural to Alice to find herself talking familiarly with them, as if she had known them all her life. Indeed, she had quite a long argument with the Lory, who at last turned sulky, and would only say, 'I'm older than you, and must know better.' And this Alice would not allow, without knowing how old it was, and as the Lory positively refused to tell its age, there was no more to be said.

At last the Mouse, who seemed to be a person of some authority among them, called out 'Sit down, all of you, and listen to me! *I'll* soon make you dry

Es war eine wunderliche Gesellschaft, die sich da am Ufer versammelte, die Vögel mit ihrem zerzausten Gefieder und die anderen Tiere mit ihrem feucht am Leib klebenden Fell, und alle waren sie durchnäßt, übellaunig und unbehaglich.

Die wichtigste Frage war natürlich, wie man wieder trocken werden könnte. Sie berieten darüber, und schon nach kurzer Zeit fand Alice es ganz selbstverständlich, daß sie so vertraut mit ihnen redete, als wären es alte Bekannte. Mit dem Lori hatte sie sogar einen längeren Wortwechsel, bis er patzig wurde und nur noch sagte: «Ich bin älter als du und muß es besser wissen.» Das aber wollte Alice nicht einsehen, solange sie nicht wußte, wie alt er denn war, und da der Lori sich weigerte, sein Alter zu nennen, gab es dazu nichts mehr zu sagen.

Endlich rief die Maus, die einiges Ansehen bei ihnen zu genießen schien: «Setzt euch alle hin und hört mir zu! Ich werde euch bald wieder ganz trocken kriegen!» Sofort setz-

enough!' They all sat down at once, in a large ring, with the Mouse in the middle. Alice kept her eyes anxiously fixed on it, for she felt sure she would catch a bad cold if she did not get dry very soon.

'Ahem!' said the Mouse with an important air. 'Are you all ready? This is the driest thing I know. Silence all round, if you please! "William the Conqueror, whose cause was favoured by the pope, was soon submitted to by the English, who wanted leaders, and had been of late much accustomed to usurpation and conquest. Edwin and Morcar, the earls of Mercia and Northumbria –"'

'Ugh!' said the Lory, with a shiver.

'I beg your pardon!' said the Mouse, frowning, but very politely. 'Did you speak?'

'Not I!' said the Lory, hastily.

'I thought you did,' said the Mouse. 'I proceed. "Edwin and Morcar, the earls of Mercia and Northumbria, declared for him; and even Stigand, the patriotic archbishop of Canterbury, found it advisable –"'

'Found *what*?' said the Duck.

'Found *it*,' the Mouse replied rather crossly: 'of course you know what "it" means.'

'I know what "it" means well enough, when *I* find a thing,' said the Duck: 'it's generally a frog, or a worm. The question is, what did the archbishop find?'

The Mouse did not notice this question, but hurriedly went on, '"– found it advisable to go with Edgar Atheling to meet William and offer him the crown. William's conduct at first was moderate. But the insolence of his Normans –" How are you getting on now, my dear?' it continued, turning to Alice as it spoke.

'As wet as ever,' said Alice in a melancholy tone: 'it doesn't seem to dry me at all.'

'In that case,' said the Dodo solemnly, rising to its feet, 'I move that the meeting adjourn, for the immediate adoption of more energetic remedies –'

'Speak English!' said the Eaglet. 'I don't know the

ten sie sich in einem großen Kreis um die Maus. Alice sah sie gespannt an, da sie sicher war, sich eine schlimme Erkältung zu holen, wenn sie nicht bald trocken würde.

Die Maus räusperte sich mit wichtiger Miene. «Seid ihr soweit? Jetzt kommt das Trockenste, was ich kenne. Ruhe bitte! ‹Wilhelm der Eroberer, dessen Sache die Unterstützung des Papstes hatte, machte sich die Engländer, denen Anführer fehlten und die sich schon seit geraumer Zeit an Fremdherrschaft und Eroberung gewöhnt hatten, bald untertan. Edwin und Morcar, die Grafen von Mercia und Northumbria...›»

«Brr», sagte der Lori schaudernd.

«Wie bitte?» fragte die Maus stirnrunzelnd, aber sehr höflich. «Hast du etwas gesagt?»

«Nein, nein!» sagte der Lori hastig.

«Es kam mir so vor», sagte die Maus. «Ich fahre also fort. ‹Edwin und Morcar, die Grafen von Mercia und Northumbria, waren auf seiner Seite, und selbst Stigand, der vaterlandsliebende Erzbischof von Canterbury, hielt es für angebracht...›»

«Was hielt er?» fragte die Ente.

«Er hielt *es*», antwortete die Maus ziemlich scharf. «Du weißt doch wohl, was ‹es› heißt?»

«Wenn *ich* etwas halte, weiß ich natürlich genau, was ‹es› ist», sagte die Ente. «Meistens ist es ein Frosch oder ein Wurm. Meine Frage war, was der Erzbischof hielt.»

Die Maus überging diese Frage und fuhr eilig fort: «‹...hielt es für angebracht, gemeinsam mit Edgar Atheling zu William zu gehen und ihm die Krone anzutragen. William übte anfangs Zurückhaltung, doch die Dreistigkeit seiner Normannen...› Wie fühlst du dich jetzt, mein Kind?» fragte sie dann, zu Alice gewandt.

«Genauso naß wie zuvor», sagte Alice niedergeschlagen. «Ich werde davon anscheinend nicht trocken.»

«In diesem Fall», sagte die Dronte feierlich und erhob sich, «stelle ich Antrag auf Vertagung zwecks sofortiger Ergreifung effizienterer Maßnahmen...»

«Sprich doch verständlicher!» sagte der junge Adler. «Ich

meaning of half those long words, and what's more, I don't believe you do either!' And the Eaglet bent down its head to hide a smile: some of the other birds tittered audibly.

'What I was going to say,' said the Dodo in an offended tone, 'was, that the best thing to get us dry would be a Caucus-race.'

'What *is* a Caucus-race?' said Alice; not that she much wanted to know, but the Dodo had paused as if it thought that *somebody* ought to speak, and no one else seemed inclined to say anything.

'Why,' said the Dodo, 'the best way to explain it is to do it.' (And, as you might like to try the thing yourself, some winter-day, I will tell you how the Dodo managed it.)

First it marked out a race-course, in a sort of circle, ('the exact shape doesn't matter,' it said,) and then all the party were placed along the course, here and there. There was no 'One, two, three, and away!', but they began running when they liked, and left off when they liked, so that it was not easy to know when the race was over. However, when they had been running half an hour or so, and were quite dry again, the Dodo suddenly called out 'The race is over!', and they all crowded round it, panting, and asking 'But who has won?'

This question the Dodo could not answer without a great deal of thought, and it stood for a long time with one finger pressed upon its forehead (the position in which you usually see Shakespeare, in the pictures of him), while the rest waited in silence. At last the Dodo said '*Everybody* has won, and *all* must have prizes.'

'But who is to give the prizes?' quite a chorus of voices asked.

'Why, *she*, of course,' said the Dodo, pointing to Alice with one finger; and the whole party at once crowded round her, calling out, in a confused way, 'Prizes! Prizes!'

Alice had no idea what to do, and in despair she put

verstehe nur die Hälfte von dem, was du sagst, und wahrscheinlich geht es dir selbst nicht besser.» Dann senkte er den Kopf, um ein Lächeln zu verbergen, und einige der anderen Vögel kicherten hörbar.

«Ich wollte ja nur sagen», erklärte die Dronte in beleidigtem Ton, «daß wir, um trocken zu werden, am besten einen Proporz-Wettlauf machen.»

«Und was ist ein Proporz-Wettlauf?» fragte Alice. Es interessierte sie zwar nicht sehr, aber die Dronte hatte eine Pause gemacht, als erwarte sie, daß jemand etwas dazu sagte, und niemand sonst schien darauf eingehen zu wollen.

«Nun», sagte die Dronte, «das erklärt man am besten, indem man es tut.» (Und da ihr das vielleicht an einem Wintertag einmal selber versuchen wollt, will ich euch sagen, wie es die Dronte gemacht hat.)

Zuerst steckte sie eine ungefähr kreisförmige Rennbahn ab («auf die genaue Form kommt es nicht an», sagte sie), und dann mußten sich alle irgendwo entlang dieser Strecke aufstellen. Niemand zählte «Auf die Plätze, fertig, los!», sondern jeder rannte los, wann es ihm gefiel, und hörte wieder auf, wann es ihm gefiel, so daß man schwer feststellen konnte, wann der Wettlauf zu Ende war. Aber nachdem sie etwa eine halbe Stunde gerannt und wieder ganz trocken waren, rief die Dronte plötzlich: «Der Wettlauf ist beendet!» und alle scharten sich keuchend um sie und fragten: «Und wer hat gewonnen?»

Über diese Frage mußte die Dronte gründlich nachdenken, und lange stand sie da, einen Finger an die Stirn gelegt (die Haltung, in der Shakespeare meistens auf Bildern dargestellt ist), während die anderen schweigend abwarteten. Schließlich sagte die Dronte: «Alle haben gewonnen, und jeder bekommt einen Preis.»

«Und wer soll die Preise stiften?» fragten sie im Chor.

«Sie natürlich!» sagte die Dronte und wies mit einem Finger auf Alice. Sofort gab es ein großes Gedränge um sie herum, und alle riefen aufgeregt durcheinander «Preise! Preise!»

Alice wußte nicht, was sie tun sollte, und in ihrer Ver-

her hand in her pocket, and pulled out a box of comfits (luckily the salt water had not got into it), and handed them round as prizes. There was exactly one a-piece, all round.

'But she must have a prize herself, you know,' said the Mouse.

'Of course,' the Dodo replied very gravely. 'What else have you got in your pocket?' it went on, turning to Alice.

'Only a thimble,' said Alice sadly.

'Hand it over here,' said the Dodo.

Then they all crowded round her once more, while the Dodo solemnly presented the thimble, saying 'We beg your acceptance of this elegant thimble'; and, when it had finished this short speech, they all cheered.

Alice thought the whole thing very absurd, but they all looked so grave that she did not dare to laugh; and, as she could not think of anything to say, she simply bowed, and took the thimble, looking as solemn as she could.

The next thing was to eat the comfits: this caused some noise and confusion, as the large birds complained that they could not taste theirs, and the small ones choked and had to be patted on the back. However, it was over at last, and they sat down again in a ring, and begged the Mouse to tell them something more.

'You promised to tell me your history, you know,' said Alice, 'and why it is you hate – C and D,' she added in a whisper, half afraid that it would be offended again.

'Mine is a long and a sad tale!' said the Mouse, turning to Alice, and sighing.

'It *is* a long tail, certainly,' said Alice, looking down with wonder at the Mouse's tail; 'but why do you call it sad?' And she kept on puzzling about it while the Mouse was speaking, so that her idea of the tale was something like this:

zweiflung griff sie in ihre Tasche und zog eine Schachtel Bonbons hervor (in die zum Glück kein Salzwasser eingedrungen war) und verteilte sie als Preise. Sie reichten gerade aus, daß jeder eins bekam.

«Aber sie muß doch auch einen Preis bekommen», sagte die Maus.

«Selbstverständlich», entgegnete die Dronte würdevoll. «Was hast du sonst noch in deiner Tasche?» fragte sie Alice.

«Nur einen Fingerhut», sage Alice traurig.

«Gib her», sagte die Dronte.

Dann scharten sich alle noch einmal um Alice, während die Dronte ihr feierlich den Fingerhut mit den Worten überreichte: «Wir bitten dich, diesen hübschen Fingerhut anzunehmen.» Als sie diese kurze Rede beendet hatte, brachen alle in Hochrufe aus.

Alice fand das ganz albern, aber alle machten so ernste Gesichter, daß sie sich das Lachen verbiß. Da ihr keine passenden Worte einfielen, machte sie nur eine Verbeugung und nahm den Fingerhut entgegen, wobei sie so feierlich wie möglich dreinsah.

Als nächstes wurden die Bonbons verzehrt, was nicht ohne Geschrei und Durcheinander abging, denn die großen Vögel klagten, sie schmeckten gar nichts, während die kleinen sich daran verschluckten und auf den Rücken geklopft werden mußten. Als es endlich überstanden war, ließen sie sich wieder im Kreis nieder und baten die Maus, ihnen noch etwas zu erzählen.

«Du wolltest mir doch deine Geschichte erzählen», sagte Alice, «und warum du nichts übrig hast für – H und K.» Sie flüsterte das, da sie ein bißchen Angst hatte, die Maus noch einmal zu kränken.

«Das ist eine weitschweifige und traurige Geschichte», sagte die Maus zu Alice gewandt und seufzte.

«Daß sie weitschweifig ist, kann ich mir denken», meinte Alice mit einem Blick auf den Schwanz der Maus. «Aber warum sagst du ‹traurig›?» Und darüber dachte sie noch nach, als die Maus schon erzählte, und sie stellte sich die weitschweifige Geschichte ungefähr so vor:

Fury said to
a mouse, That
he met in the
house, "Let
us both go
to law: I
will prose-
cute *you*.
Come, I'll
take no de-
nial: We
must have
the trial;
For really
this morn-
ing I've
nothing
to do."
Said the
mouse to
the cur,
"Such a
trial, dear
Sir, With
no jury
or judge,
Would
be wast-
ing our
breath."
"I'll be
judge,
I'll be
jury,"
said
cun-
ning
old
Fury:
"I'll
try
the
whole
cause
and
con-
demn
you to
death."

Bello sagte
zur Maus, Die
er traf im
Haus: «Wir
gehn vor Ge-
richt. Ich
erhebe die
Klage. Los,
sag nicht
nein. Die
Verhand-
lung muß
sein. Ich
hab sonst
nichts zu
tun Am
heutigen
Tage.»
«Kein
Schöffe,
kein Rich-
ter? Da
wider-
spricht
er Dem
Geist
der Ju-
stiz!»
Rief die
Maus in
der Not.
«Ich bin
Richter,
ich bin
Schöffe»,
sprach
Bello.
«Ich tref-
fe Die
Entschei-
dungen
alle.
Und in
deinem
Falle
Heißt
das
Urteil:
Tod!»

'You are not attending!' said the Mouse to Alice, severely. 'What are you thinking of?'

'I beg your pardon,' said Alice very humbly: 'you had got to the fifth bend, I think?'

'I had *not*!' cried the Mouse, sharply and very angrily.

'A knot!' said Alice, always ready to make herself useful, and looking anxiously about her. 'Oh, do let me help to undo it!'

'I shall do nothing of the sort,' said the Mouse, getting up and walking away. 'You insult me by talking such nonsense!'

'I didn't mean it!' pleaded poor Alice. 'But you're so easily offended, you know!'

The Mouse only growled in reply.

'Please come back, and finish your story!' Alice called after it. And the others all joined in chorus 'Yes, please do!' But the Mouse only shook its head impatiently, and walked a little quicker.

'What a pity it wouldn't stay!' sighed the Lory, as soon as it was quite out of sight. And an old Crab took the opportunity of saying to her daughter 'Ah, my dear! Let this be a lesson to you never to lose *your* temper!' 'Hold your tongue, Ma!' said the young Crab, a little snappishly. 'You're enough to try the patience of an oyster!'

'I wish I had our Dinah here, I know I do!' said Alice aloud, addressing nobody in particular. '*She'd* soon fetch it back!'

'And who is Dinah, if I might venture to ask the question?' said the Lory.

Alice replied eagerly, for she was always ready to talk about her pet: 'Dinah's our cat. And she's such a capital one for catching mice, you ca'n't think! And oh, I wish you could see her after the birds! Why, she'll eat a little bird as soon as look at it!'

This speech caused a remarkable sensation among the party. Some of the birds hurried off at once: one

«Du hörst ja gar nicht zu», sagte die Maus streng zu Alice. «Wo bist du denn mit deinen Gedanken?»

«Entschuldige bitte», sagte Alice reumütig. «Warst du nicht gerade an der fünften Windung?»

«Mitnichten!» rief die Maus sehr verärgert und mit schriller Stimme.

«Mit Nichten?» fragte Alice, immer bereit, jemandem gefällig zu sein, und sah sich suchend um. «Willst du mich nicht vorstellen?»

«Ich denke nicht daran!» sagte die Maus, stand auf und schickte sich an zu gehen. «Ich bin empört über das dumme Zeug, das du redest!»

«Das wollte ich nicht!» beteuerte die arme Alice. «Du bist aber wirklich sehr empfindlich.»

Die Maus gab nur ein Brummen zur Antwort.

«Komm doch bitte zurück und erzähle uns deine Geschichte zu Ende!» rief Alice ihr nach, und alle fielen im Chor ein: «Ja, bitte!» Doch die Maus schüttelte nur unwillig den Kopf und ging ein bißchen schneller.

«Schade, daß sie nicht geblieben ist», sagte der Lori, als die Maus nicht mehr zu sehen war, und eine alte Krabbe bemerkte bei dieser Gelegenheit zu ihrer Tochter: «Laß dir das eine Lehre sein, mein Kind, und verliere nie die Beherrschung!» «Sei doch still, Mama!» entgegnete die junge Krabbe schnippisch. «Du könntest wahrhaftig eine Auster aus der Fassung bringen.»

«Ich wünschte, meine Dinah wäre hier! Ja, das wünschte ich mir», sagte Alice laut vor sich hin. «Die würde sie im Nu wieder herbringen.»

«Und wer ist Dinah, wenn ich fragen darf?» sagte der Lori.

Alice sprach nur zu gern von ihrem Liebling, und deshalb antwortete sie eifrig: «Dinah ist unsere Katze. Ihr glaubt gar nicht, wie geschickt sie im Mäusefangen ist. Und wenn ihr sie erst sehen könntet, wenn sie hinter Vögeln her ist! Kaum sieht sie so ein Vögelchen, da hat sie's schon verspeist!»

Diese Worte sorgten unter den Anwesenden für helle Aufregung. Ein paar Vögel flatterten augenblicklich davon.

old Magpie began wrapping itself up very carefully, remarking 'I really must be getting home: the night-air doesn't suit my throat!' And a Canary called out in a trembling voice, to its children, 'Come away, my dears! It's high time you were all in bed!' On various pretexts they all moved off, and Alice was soon left alone.

'I wish I hadn't mentioned Dinah!' she said to herself in a melancholy tone. 'Nobody seems to like her, down here, and I'm sure she's the best cat in the world! Oh, my dear Dinah! I wonder if I shall ever see you any more!' And here poor Alice began to cry again, for she felt very lonely and low-spirited. In a little while, however, she again heard a little pattering of footsteps in the distance, and she looked up eagerly, half hoping that the Mouse had changed his mind, and was coming back to finish his story.

Eine alte Elster knöpfte sich sorgfältig zu und meinte dabei, sie müsse dringend gehen, da die Nachtluft schlecht für ihr Halsweh sei. Und ein Kanarienvogel rief mit bebender Stimme seinen Kindern zu: «Auf, ihr Lieben! Es ist höchste Zeit zum Schlafengehen!» Unter den verschiedensten Vorwänden machten sich alle davon, und bald war Alice ganz allein.

«Hätte ich doch nur nichts von Dinah gesagt!» dachte sie betrübt. «Niemand hier unten scheint sie zu mögen, und dabei ist sie für mich die liebste Katze von der Welt! Ach, meine gute Dinah! Ob ich dich je wiedersehen werde?» Und hier begann die arme Alice wieder zu weinen, denn sie fühlte sich schrecklich einsam und niedergeschlagen. Bald darauf aber vernahm sie von fern erneut ein leises Trappeln, und rasch sah sie auf, da sie halb hoffte, die Maus könnte es sich anders überlegt haben und zurückkommen, um ihre Geschichte zu beenden.

Chapter IV: The Rabbit Sends in a Little Bill

Viertes Kapitel: Das Kaninchen läßt von sich hören

It was the White Rabbit, trotting slowly back again, and looking anxiously about as it went, as if it had lost something; and she heard it muttering to itself, 'The Duchess! The Duchess! Oh my dear paws! Oh my fur and whiskers! She'll get me executed, as sure as ferrets are ferrets! Where *can* I have dropped them, I wonder?' Alice guessed in a moment that it was looking for the fan and the pair of white kid-gloves, and she very good-naturedly began hunting about for them, but they were nowhere to be seen – everything seemed to have changed since her swim in the pool; and the great hall, with the glass table and the little door, had vanished completely.

Very soon the Rabbit noticed Alice, as she went hunting about, and called out to her, in an angry tone, 'Why, Mary Ann, what *are* you doing out here? Run home this moment, and fetch me a pair of gloves and a fan! Quick, now!' And Alice was so much frightened that she ran off at once in the direction it pointed to, without trying to explain the mistake that it had made.

Es war aber das Weiße Kaninchen, das langsam zurückge-hoppelt kam und dabei angestrengt umhersah, als hätte es etwas verloren. Sie hörte, wie es vor sich hinmurmelte: «Die Herzogin! Die Herzogin! Bei meinen armen Pfoten! Bei meinem Fell und Schnurrbart! Sie wird mich hinrichten las-sen, so sicher wie ein Frettchen ein Frettchen ist! Wo kann ich sie nur verloren haben?»

Alice erriet sofort, daß es den Fächer und die weißen Glacéhandschuhe suchte, und hilfsbe-reit sah auch sie sich danach um, konnte sie aber nirgends entdecken – alles schien sich verändert zu haben, seit sie in dem Teich umhergeschwommen war, und der große Saal mit dem Glastisch und dem Türchen war ganz verschwunden.

Bald schon bemerkte das Kaninchen die suchende Alice, und ärgerlich rief es ihr zu: «Nanu, Mary Ann, was tust du denn hier? Lauf sofort nachhause und hol mir ein Paar Handschuhe und einen Fächer! Beeil dich!» Und Alice war so erschrocken, daß sie sofort in die Richtung lief, in die es zeigte, ohne es auf seinen Irrtum aufmerksam zu machen.

'He took me for his housemaid,' she said to herself as she ran. 'How surprised he'll be when he finds out who I am! But I'd better take him his fan and gloves – that is, if I can find them.' As she said this, she came upon a neat little house, on the door of which was a bright brass plate with the name 'W. RABBIT' engraved upon it. She went in without knocking, and hurried upstairs, in great fear lest she should meet the real Mary Ann, and be turned out of the house before she had found the fan and gloves.

'How queer it seems,' Alice said to herself, 'to be going messages for a rabbit! I suppose Dinah'll be sending me on messages next!' And she began fancying the sort of thing that would happen: '"Miss Alice! Come here directly, and get ready for your walk!" "Coming in a minute, nurse! But I've got to watch this mouse-hole till Dinah comes back, and see that the mouse doesn't get out." Only I don't think,' Alice went on, 'that they'd let Dinah stop in the house if it began ordering people about like that!'

By this time she had found her way into a tidy little room with a table in the window, and on it (as she had hoped) a fan and two or three pairs of tiny white kid-gloves: she took up the fan and a pair of the gloves, and was just going to leave the room, when her eye fell upon a little bottle that stood near the looking-glass. There was no label this time with the words 'DRINK ME,' but nevertheless she uncorked it and put it to her lips. 'I know *something* interesting is sure to happen,' she said to herself, 'whenever I eat or drink anything: so I'll just see what this bottle does. I do hope it'll make me grow large again, for really I'm quite tired of being such a tiny little thing!'

It did so indeed, and much sooner than she had expected: before she had drunk half the bottle, she found her head pressing against the ceiling, and had to stoop to save her neck from being broken. She hastily put down the bottle, saying to herself 'That's quite

«Es hat mich mit seinem Hausmädchen verwechselt», dachte sie, als sie so rannte. «Es wird sich wundern, wenn es merkt, wer ich bin. Aber seinen Fächer und die Handschuhe möchte ich ihm lieber bringen – wenn ich sie finde.» Indessen gelangte sie zu einem hübschen Häuschen mit einem blanken Messingschild an der Tür, auf dem der Name ‹W. KANINCHEN› eingraviert stand. Ohne anzuklopfen trat sie ein und eilte die Treppe hinauf, voller Sorge, sie könnte der wahren Mary Ann begegnen und aus dem Haus gewiesen werden, bevor sie Fächer und Handschuhe gefunden hatte.

«Wie sonderbar», dachte Alice, «für ein Kaninchen Botengänge zu machen! Es fehlt nur noch, daß auch Dinah mir Aufträge erteilt!» Und sie malte sich aus, wie das wohl wäre: «‹Alice, komm und mach dich fertig zum Spaziergang!› ‹Gleich, Fräulein.

        Ich muß aber noch dieses Mauseloch bewachen, bis Dinah zurückkommt, und aufpassen, daß die Maus nicht entwischt.› Aber ich glaube kaum», dachte Alice weiter, «daß Dinah bei uns bleiben dürfte, wenn sie anfinge, Menschen so herumzukommandieren.»

Unterdessen war sie in ein sauber aufgeräumtes kleines Zimmer gelangt, und dort lagen auf einem Tisch am Erkerfenster ein Fächer und zwei oder drei Paar winzige weiße Glacéhandschuhe, wie sie es gehofft hatte. Sie nahm den Fächer und ein Handschuhpaar und wollte gerade das Zimmer wieder verlassen, da fiel ihr Blick auf ein Fläschchen beim Spiegel. Diesmal hing kein Etikett mit der Aufschrift «TRINK MICH» daran, aber sie nahm dennoch den Korken heraus und setzte es an die Lippen. «Irgendetwas Aufregendes geschieht doch jedesmal, wenn ich etwas esse oder trinke», dachte sie. «Mal sehen, wie diese Flasche hier wirkt. Hoffentlich läßt sie mich wieder wachsen, denn ich habe es satt, so winzig klein zu sein!»

So geschah es dann tatsächlich, und zwar schneller als erwartet: Alice hatte die Flasche noch nicht zur Hälfte geleert, da stieß sie mit dem Kopf schon an die Decke und mußte sich bücken, um sich nicht das Genick zu brechen. Rasch setzte sie die Flasche ab. «Das genügt», dachte sie.

enough – I hope I sha'n't grow any more – As it is, I ca'n't get out at the door – I do wish I hadn't drunk quite so much!'

Alas! It was too late to wish that! She went on growing, and growing, and very soon had to kneel down on the floor: in another minute there was not even room for this, and she tried the effect of lying down with one elbow against the door, and the other arm curled round her head. Still she went on growing, and, as a last resource, she put one arm out of the window, and one foot up the chimney, and said to herself 'Now I can do no more, whatever happens. What *will* become of me?'

Luckily for Alice, the little magic bottle had now had its full effect, and she grew no larger: still it was very uncomfortable, and, as there seemed to be no sort of chance of her ever getting out of the room again, no wonder she felt unhappy.

'It was much pleasanter at home,' thought poor Alice, 'when one wasn't always growing larger and smaller, and being ordered about by mice and rabbits. I almost wish I hadn't gone down that rabbit-hole – and yet – and yet – it's rather curious, you know, this sort of life! I do wonder what *can* have happened to me! When I used to read fairy tales, I fancied that kind of thing never happened, and now here I am in the middle of one! There ought to be a book written about me, that there ought! And when I grow up, I'll write one – but I'm grown up now,' she added in a sorrowful tone: 'at least there's no room to grow up any more *here*.'

'But then,' thought Alice, 'shall I *never* get any older than I am now? That'll be a comfort, one way – never to be an old woman – but then – always to have lessons to learn! Oh, I shouldn't like *that*!'

'Oh, you foolish Alice!' she answered herself. 'How can you learn lessons in here? Why, there's hardly room for *you*, and no room at all for any lesson-books!'

«Hoffentlich wachse ich nicht noch weiter. Ich kann schon jetzt nicht mehr zur Tür hinaus. Wenn ich doch nur nicht soviel davon getrunken hätte!»

Doch es war zu spät. Sie wuchs und wuchs, und bald war sie gezwungen, sich hinzuknien. Wenig später war nicht einmal dafür mehr genug Platz, so daß sie es mit Hinlegen versuchte, den einen Ellenbogen gegen die Tür gestemmt und den anderen Arm um ihren Kopf geschlungen. Sie wuchs aber immer weiter, und so blieb ihr nichts anderes übrig, als einen Arm aus dem Fenster zu hängen und das eine Bein in den Kamin zu stecken, und dabei dachte sie: «Was auch geschieht, mehr kann ich nicht tun. Was soll nur aus mir werden?»

Zum Glück hatte das Zauberfläschchen nun aber seine Wirkung vollständig getan, und Alice hörte auf zu wachsen. Trotzdem war ihre Lage recht ungemütlich, und da es nicht so aussah, als werde sie aus diesem Zimmer je wieder herauskommen, ist es kein Wunder, daß sie unglücklich war.

«Zuhause war es doch viel schöner», dachte die arme Alice. «Da bin ich nicht immerzu gewachsen oder geschrumpft und wurde nicht von Mäusen und Kaninchen herumkommandiert. Ich wünschte fast, ich wäre nie in dieses Kaninchenloch geklettert – aber andererseits ist dieses Leben hier recht sonderbar. Was mag nur mit mir geschehen sein? Als ich noch Märchen las, dachte ich, so etwas gäbe es gar nicht, und jetzt erlebe ich selber eins! Man müßte eigentlich ein Buch über mich schreiben. Wenn ich groß bin, werde ich eins schreiben... Aber ich bin ja schon groß», setzte sie dann bekümmert hinzu. «Jedenfalls ist hier kein Platz, um noch größer zu werden.»

«Aber», überlegte Alice, «werde ich denn nie älter sein als jetzt? Einerseits wäre es ja schön, nie eine alte Frau zu werden – aber andererseits immer Schulaufgaben machen zu müssen... Nein, das würde mir gar nicht gefallen!»

«Du närrische Alice!» antwortete sie sich darauf. «Wie willst du denn hier drinnen Schulaufgaben machen? Hier ist ja kaum Platz für dich, geschweige denn für irgendwelche Schulbücher!»

And so she went on, taking first one side and then the other, and making quite a conversation of it altogether; but after a few minutes she heard a voice outside, and stopped to listen.

'Mary Ann! Mary Ann!' said the voice. 'Fetch me my gloves this moment!' Then same a little pattering of feet on the stairs. Alice knew it was the Rabbit coming to look for her, and she trembled till she shook the house, quite forgetting that she was now about a thousand times as large as the Rabbit, and had no reason to be afraid of it.

Presently the Rabbit came up to the door, and tried to open it; but, as the door opened inwards, and Alice's elbow was pressed hard against it, that attempt proved a failure. Alice heard it say to itself 'Then I'll go round and get in at the window.'

'*That* you wo'n't!' thought Alice, and, after waiting till she fancied she heard the Rabbit just under the window, she suddenly spread out her hand, and made a snatch in the air. She did not get hold of anything, but she heard a little shriek and a fall, and a crash of broken glass, from which she concluded that it was just possible it had fallen into a cucumber-frame, or something of the sort.

Next came an angry voice – the Rabbit's – 'Pat! Pat! Where are you?' And then a voice she had never heard before, 'Sure then I'm here! Digging for apples, yer honour!'

'Digging for apples, indeed!' said the Rabbit angrily. 'Here! Come and help me out of *this*!' (Sounds of more broken glass.)

'Now tell me, Pat, what's that in the window?'

'Sure, it's an arm, yer honour!' (He pronounced it 'arrum.')

'An arm, you goose! Who ever saw one that size? Why, it fills the whole window!'

'Sure, it does, yer honour: but it's an arm for all that.'

Und so fuhr sie fort, abwechselnd für die eine und die andere Seite zu sprechen, so daß eine richtige Unterhaltung daraus wurde. Als sie aber nach ein paar Minuten draußen eine Stimme hörte, war sie still und lauschte.

«Mary Ann! Mary Ann!» rief die Stimme. «Bring mir augenblicklich meine Handschuhe!» Und dann war auf der Treppe ein Trippeln zu hören. Das mußte das Kaninchen sein, das nach ihr suchte, und Alice zitterte, daß das ganze Haus bebte. Sie bedachte gar nicht, daß sie ja tausendmal größer als das Kaninchen war und sich nicht vor ihm zu fürchten brauchte.

Kurz darauf war das Kaninchen an der Tür und versuchte, sie zu öffnen, was ihm aber nicht gelang, da Alices Ellenbogen von innen dagegendrückte, und Alice hörte, wie es zu sich sagte: «Dann gehe ich eben um das Haus herum und steige durchs Fenster.»

«Das wirst du nicht tun», dachte Alice. Sie wartete, bis sie das Kaninchen unterhalb des Fensters zu hören glaubte, und dann öffnete sie plötzlich die Finger ihrer Hand und grapschte in die Luft.

Zwar bekam sie nichts zu fassen, aber sie hörte einen leisen Aufschrei, einen Plumps und das Klirren von Glas, und daraus schloß sie, daß das Kaninchen in ein Mistbeet oder dergleichen gefallen sein mußte.

Darauf hörte man, wie das Kaninchen zornig rief: «Pat! Pat! Wo steckst du denn?» und dann eine Stimme, die sie bisher noch nicht gehört hatte: «Hier bin ich. Grabe Äpfel aus, Euer Gnaden.»

«Ach was, Äpfel ausgraben!» sagte das Kaninchen wütend. «Komm lieber her und hilf mir hier heraus!» (Wieder Geklirr.)

«Und jetzt sag mir mal, Pat, was da im Fenster steckt.»

«Na, ein Arm, Euer Gnaden!» (Er sprach es wie ‹Orrrm› aus.)

«Ein Arm, du Tölpel? So große Arme gibt es gar nicht! Er füllt ja das Fenster ganz aus!»

«Das stimmt schon, Euer Gnaden, aber es ist trotzdem ein Arm.»

'Well, it's got no business there, at any rate: go and take it away!'

There was a long silence after this, and Alice could only hear whispers now and then; such as 'Sure, I don't like it, yer honour, at all, at all!' 'Do as I tell you, you coward!', and at last she spread out her hand again, and made another snatch in the air. This time there were *two* little shrieks, and more sounds of broken glass. 'What a number of cucumber-frames there must be!' thought Alice. 'I wonder what they'll do next! As for pulling me out of the window, I only wish *they could*! I'm sure I don't want to stay in here any longer!'

She waited for some time without hearing anything more: at last came a rumbling of little cart-wheels, and the sound of a good many voices all talking together: she made out the words: 'Where's the other ladder? – Why, I hadn't to bring but one. Bill's got the other – Bill! Fetch it here, lad! – Here, put 'em up at this corner – No, tie 'em together first – they don't reach half high enough yet – Oh, they'll do well enough. Don't be particular – Here, Bill! Catch hold of this rope – Will the roof bear? – Mind that loose slate – Oh, it's coming down! Heads below!' (a loud crash) – 'Now, who did that? – It was Bill, I fancy – Who's to go down the chimney? – Nay, *I* sha'n't! *You* do it! – *That* I wo'n't, then! – Bill's got to go down – Here, Bill! The master says you've got to go down the chimney!'

'Oh! So Bill's got to come down the chimney, has he?' said Alice to herself. 'Why, they seem to put everything upon Bill! I wouldn't be in Bill's place for a good deal: this fireplace is narrow, to be sure; but I *think* I can kick a little!'

She drew her foot as far down the chimney as she could, and waited till she heard a little animal (she couldn't guess of what sort it was) scratching and scrambling about in the chimney close above her:

«Jedenfalls hat er da nichts zu suchen. Geh hin und schaff ihn fort!»

Danach blieb es eine Zeitlang still, und Alice hörte nur ab und zu geflüsterte Worte wie «Das gefällt mir aber gar nicht, Euer Gnaden!» oder «Tu gefälligst, was ich dir sage, du Feigling!» bis sie wieder die Finger öffnete und in die Luft grapschte. Diesmal hörte man zwei leise Aufschreie und wieder das Klirren von zerbrochenem Glas.

«Es muß da aber viele Mistbeete geben», dachte Alice. «Was werden sie wohl als nächstes tun? Wenn sie mich aus dem Fenster ziehen könnten, wäre mir das sehr recht. Hier drinnen möchte ich wirklich nicht länger bleiben!»

Sie wartete ein Weilchen, hörte aber nichts mehr. Dann ertönte das Rattern kleiner Wagenräder und ein Stimmengewirr, aus dem sie einzelne Wortfetzen aufschnappte: «Wo ist die andere Leiter? – Ich sollte doch nur eine bringen. Bill hat die andere. – Bill! Bring sie hierher! – Stellt sie hier an dieser Ecke auf. – Nein, bindet sie erst zusammen, sie reichen ja noch längst nicht bis rauf.

– Ach, so wird es wohl gehen. Sei nicht so kleinlich. – Hier, Bill, fang mal dieses Seil auf. – Ob das Dach auch hält? – Paß mit diesem losen Dachziegel auf. – Oh, er fällt schon! Vorsicht da unten!» (lautes Krachen) – «Wer hat das getan? – Ich glaube, Bill war's. – Wer klettert jetzt den Kamin hinunter? – Nein, ich nicht! Tu du's doch! – Auf keinen Fall! – Bill muß hinunter. – He, Bill, der Herr sagt, du sollst in den Kamin steigen.»

«So, also Bill soll durch den Kamin kommen?» sagte Alice zu sich. «Sie scheinen ja alles auf Bill abzuwälzen. Ich möchte wirklich nicht in seiner Haut stecken. Dieser Kamin ist ziemlich eng, aber für einen kleinen Fußtritt reicht es wohl.»

Sie zog ihren Fuß im Kamin zurück, so weit es ging, und wartete, bis sie ein kleines Tier (um was für eines es sich handelte, wußte sie nicht) dicht über sich im Kamin kratzen und krabbeln hörte. «Das ist Bill», dachte sie. Dann stieß

then, saying to herself 'This is Bill', she gave one sharp kick, and waited to see what would happen next.

The first thing she heard was a general chorus of 'There goes Bill!' then the Rabbit's voice alone – 'Catch him, you by the hedge!' then silence, and then another confusion of voices – 'Hold up his head – Brandy now – Don't choke him – How was it, old fellow? What happened to you? Tell us all about it!'

Last came a little feeble, squeaking voice ('That's Bill,' thought Alice), 'Well, I hardly know – No more, thank ye; I'm better now – but I'm a deal too flustered to tell you – all I know is, something comes at me like a Jack-in-the-box, and up I goes like a sky-rocket!'

'So you did, old fellow!' said the others.

'We must burn the house down!' said the Rabbit's voice. And Alice called out, as loud as she could, 'If you do, I'll set Dinah at you!'

There was a dead silence instantly, and Alice thought to herself 'I wonder what they *will* do next! If they had any sense, they'd take the roof off.' After a minute or two, they began moving about again, and Alice heard the Rabbit say 'A barrowful will do, to begin with.'

'A barrowful of *what*?' thought Alice. But she had not long to doubt, for the next moment a shower of little pebbles came rattling in at the window, and some of them hit her in the face. 'I'll put a stop to this,' she said to herself, and shouted out 'You'd better not do that again!', which produced another dead silence.

Alice noticed, with some surprise, that the pebbles were all turning into little cakes as they lay on the floor, and a bright idea came into her head. 'If I eat one of these cakes,' she thought, 'it's sure to make *some* change in my size; and, as it ca'n't possibly make me larger, it must make me smaller, I suppose.'

So she swallowed one of the cakes, and was delighted to find that she began shrinking directly. As soon

sie ihren Fuß heftig nach oben und wartete, was nun geschehen würde.

Als erstes hörte sie, wie alle «Da fliegt Bill!» riefen, und dann die Stimme des Kaninchens «Ihr da an der Hecke, fangt ihn auf!» Danach Stille und dann wieder Stimmengewirr: «Stützt seinen Kopf – etwas Brandy – paßt auf, daß er sich nicht verschluckt – Was war los, alter Junge? Was ist passiert? Erzähle!»

Schließlich kam ein schwaches, piepsendes Stimmchen («Das ist Bill», dachte Alice): «Tja, ich weiß nicht recht... Nein, danke, das genügt, es geht mir schon besser. – Ich bin noch zu verwirrt, um viel dazu zu sagen. Ich weiß nur, daß etwas auf mich zukam wie ein Springteufel und ich nach oben flog wie eine Rakete.»

«Stimmt, alter Junge!» riefen die anderen.

«Wir müssen das Haus niederbrennen!» sagte die Stimme des Kaninchens, worauf Alice so laut sie nur konnte rief: «Wenn ihr das tut, hetze ich Dinah auf euch!»

Sofort wurde es mucksmäuschenstill, und Alice dachte: «Ich bin gespannt, was sie sich jetzt einfallen lassen. Wenn sie klug wären, würden sie das Dach abdecken.» Nach ein paar Minuten liefen sie wieder umher, und Alice hörte, wie das Kaninchen sagte: «Ein Schubkarren voll wird für den Anfang genügen.»

«Ein Schubkarren voll was?» dachte Alice, aber sie blieb nicht lange im unklaren, denn im nächsten Augenblick kam ein Hagel von Kieselsteinen prasselnd durchs Fenster geflogen, und einige Steine trafen sie sogar im Gesicht. «Das muß sofort aufhören!» sagte sie sich und rief hinaus: «Tut das ja nicht noch einmal!» worauf es wieder ganz still wurde.

Zu ihrer Überraschung bemerkte Alice, wie sich die auf dem Boden liegenden Kieselsteine in kleine Kuchen verwandelten, und da kam ihr ein guter Gedanke. «Wenn ich so einen Kuchen esse», dachte sie, «wird das gewiß meine Größe irgendwie verändern, und da ich unmöglich noch größer werden kann, muß ich wohl kleiner werden.»

Sie verzehrte also einen Kuchen und stellte zu ihrer Freude fest, daß sie gleich darauf schrumpfte. Sobald sie

as she was small enough to get through the door, she ran out of the house, and found quite a crowd of little animals and birds waiting outside. The poor little Lizard, Bill, was in the middle, being held up by two guinea-pigs, who were giving it something out of a bottle. They all made a rush at Alice the moment she appeared; but she ran off as hard as she could, and soon found herself safe in a thick wood.

'The first thing I've got to do,' said Alice to herself, as she wandered about in the wood, 'it to grow to my right size again; and the second thing is to find my way into that lovely garden. I think that will be the best plan.'

It sounded an excellent plan, no doubt, and very neatly and simply arranged: the only difficulty was, that she had not the smallest idea how to set about it; and, while she was peering about anxiously among the trees, a little sharp bark just over her head made her look up in a great hurry.

An enormous puppy was looking down at her with large round eyes, and feebly stretching out one paw, trying to touch her. 'Poor little thing!' said Alice, in a coaxing tone, and she tried hard to whistle to it; but she was terribly frightened all the time at the thought that it might be hungry, in which case it would be very likely to eat her up in spite of all her coaxing.

Hardly knowing what she did, she picked up a little bit of stick, and held it out to the puppy: whereupon the puppy jumped into the air off all its feet at once, with a yelp of delight, and rushed at the stick, and made believe to worry it: then Alice dodged behind a great thistle, to keep herself from being run over; and, the moment she appeared on the other side, the puppy made another rush at the stick, and tumbled head over heels in its hurry to get hold of it: then Alice, thinking it was very like having a game of play with a cart-horse, and expecting every moment to be trampled under its feet, ran round the thistle again:

klein genug war, rannte sie zur Tür und aus dem Haus hinaus. Draußen wartete eine ganze Schar kleiner Tiere und Vögel. In ihrer Mitte befand sich Bill, die arme kleine Eidechse, gestützt von zwei Meerschweinchen, die ihm etwas aus einer Flasche einflößten. Als Alice herauskam, stürzten alle auf sie zu, doch sie rannte davon, so schnell sie konnte, und gelangte bald in einen dichten Wald, wo sie in Sicherheit war.

«Als erstes», sagte Alice zu sich, während sie durch den Wald streifte, «muß ich dafür sorgen, daß ich wieder meine richtige Größe erreiche, und dann muß ich den Weg in diesen schönen Garten finden. Ja, so wird es am besten sein.»

Diese Pläne klangen zweifellos gut und waren klar und einfach. Die Schwierigkeit war nur, daß sie keine Ahnung hatte, wie sie dabei vorgehen sollte; und während sie angestrengt zwischen den Bäumen umherspähte, hörte sie plötzlich genau über sich ein kurzes Kläffen und sah erschrocken auf.

Ein riesengroßer junger Hund sah mit großen, runden Augen auf sie herab und streckte zaghaft eine Pfote nach ihr aus. «Du süßes kleines Hündchen», sagte Alice schmeichelnd und gab sich alle Mühe, ihm zu pfeifen; aber zugleich hatte sie schreckliche Angst, er könnte hungrig sein, denn dann war es möglich, daß er sie trotz all ihrer Schmeichelei auffraß.

Ohne recht zu überlegen, was sie tat, hob sie einen kleinen Stock auf und hielt ihn dem Hündchen hin, das darauf einen Luftsprung machte, vor Entzücken laut bellte, nach dem Stöckchen schnappte und es wild hin und her zerrte. Alice wich nun hinter eine hohe Distel zurück, um nicht über den Haufen gerannt zu werden.

Sobald sie auf der anderen Seite der Distel hervorkam, schnappte der Hund wieder nach dem Stock und schlug dabei vor lauter Begeisterung einen Purzelbaum. Alice kam es fast so vor, als spielte sie mit einem Kutschergaul, der sie jeden Augenblick zertrampeln konnte, und so rannte sie wieder hinter

then the puppy began a series of short charges at the stick, running a very little way forwards each time and a long way back, and barking hoarsely all the while, till at last it sat down a good way off, panting, with its tongue hanging out of its mouth, and its great eyes half shut.

This seemed to Alice a good opportunity for making her escape: so she set off at once, and ran till she was quite tired and out of breath, and till the puppy's bark sounded quite faint in the distance.

'And yet what a dear little puppy it was!' said Alice, as she leant against a buttercup to rest herself, and fanned herself with one of the leaves. 'I should have liked teaching it tricks very much, if – if I'd only been the right size to do it! Oh dear! I'd nearly forgotten that I've got to grow up again! Let me see – how is it to be managed? I suppose I ought to eat or drink something or other; but the great question is "What?"'

The great question certainly was 'What?' Alice looked all round her at the flowers and the blades of grass, but she could not see anything that looked like the right thing to eat or drink under the circumstances. There was a large mushroom growing near her, about the same height as herself; and, when she had looked under it, and on both sides of it, and behind it, it occurred to her that she might as well look and see what was on the top of it.

She stretched herself up on tiptoe, and peeped over the edge of the mushroom, and her eyes immediately met those of a large blue caterpillar, that was sitting on the top, with its arms folded, quietly smoking a long hookah, and taking not the smallest notice of her or of anything else.

die Distel. Dann machte das Hündchen eine Reihe kurzer Vorstöße auf das Stöckchen, bei denen es jedesmal nur ein kleines Stück vorwärts sprang und dann eine lange Strecke zurücklief, wobei es immerzu heiser bellte. Schließlich setzte es sich in einiger Entfernung hechelnd und mit heraushängender Zunge hin, seine großen Augen halb geschlossen.

Das schien Alice eine günstige Gelegenheit zur Flucht zu sein, und sogleich rannte sie los und lief, bis sie ganz erschöpft und atemlos war und das Bellen des Hündchens nur noch schwach aus der Ferne erklang.

«Trotzdem war es ein süßer kleiner Hund», sagte Alice, als sie sich an eine Butterblume gelehnt ausruhte und mit einem der Blätter Luft zufächelte. «Ich hätte ihm so gerne Kunststückchen beigebracht, wenn ... wenn ich dazu die richtige Größe hätte! Ach je, fast hätte ich vergessen, daß ich wieder wachsen muß. Aber wie soll ich das nur anstellen? Wahrscheinlich müßte ich etwas Bestimmtes essen oder trinken. Die Frage ist nur, was?»

Das war allerdings die Frage. Alice betrachtete die Blumen und Gräser ringsumher, entdeckte aber nichts, was so aussah, als sei es als Speise oder Getränk für ihren Zweck geeignet. Nicht weit von ihr entfernt stand ein großer Pilz, der etwa so hoch war wie sie.

Sie warf erst einen Blick darunter und rechts und links daneben und schließlich auch dahinter, und dann kam ihr der Gedanke, auch einmal nachzusehen, was oben drauf sei.

Sie stellte sich auf die Zehenspitzen und spähte über den Rand des Pilzhuts, und im nächsten Augenblick sah sie in die Augen einer großen blauen Raupe, die mit verschränkten Armen dort saß, gemächlich eine lange Wasserpfeife rauchte und weder von Alice noch von sonst etwas die geringste Notiz nahm.

Chapter V: Advice from a Caterpillar

Fünftes Kapitel: Ratschläge einer Raupe

The Caterpillar and Alice looked at each other for some time in silence: at last the Caterpillar took the hookah out of its mouth, and addressed her in a languid, sleepy voice.

'Who are *you*?' said the Caterpillar.

This was not an encouraging opening for a conversation. Alice replied, rather shyly, 'I – I hardly know, Sir, just at present – at least I know who I *was* when I got up this morning, but I think I must have been changed several times since then.'

'What do you mean by that?' said the Caterpillar, sternly. 'Explain yourself!'

'I ca'n't explain *myself*, I'm afraid, Sir,' said Alice, 'because I'm not myself, you see.'

64
65

'I don't see,' said the Caterpillar.

'I'm afraid I ca'n't put it more clearly,' Alice replied,

Eine ganze Weile sahen Alice und die Raupe einander wortlos an. Schließlich nahm die Raupe die Wasserpfeife aus dem Mund, um mit träger, schläfriger Stimme Alice anzusprechen.

«Und wer bist *du*?» fragte die Raupe.

Das war kein besonders ermutigender Anfang für ein Gespräch. Schüchtern antwortete Alice: «Ich ... ich weiß nicht recht, Sir ... im Augenblick. Ich weiß zwar, wer ich war, als ich heute morgen aufstand, aber seither bin ich wohl ein paarmal verwandelt worden.»

«Was meinst du damit?» fragte die Raupe streng. «Erkläre dich genauer!»

«Ich kann mich leider nicht erklären, Sir», sagte Alice, «denn ich bin gar nicht ich, verstehen Sie?»

«Nein, ich verstehe nicht», sagte die Raupe.

«Ich kann es leider nicht besser ausdrücken», erwiderte

very politely, 'for I ca'n't understand it myself, to begin with; and being so many different sizes in a day is very confusing.'

'It isn't,' said the Caterpillar.

'Well, perhaps you haven't found it so yet,' said Alice; 'but when you have to turn into a chrysalis – you will some day, you know – and then after that into a butterfly, I should think you'll feel it a little queer, wo'n't you?'

'Not a bit,' said the Caterpillar.

'Well, perhaps *your* feelings may be different,' said Alice: 'all I know is, it would feel very queer to *me*.'

'You!' said the Caterpillar contemptuously. 'Who are *you*?'

Which brought them back again to the beginning of the conversation. Alice felt a little irritated at the Caterpillar's making such *very* short remarks, and she drew herself up and said, very gravely, 'I think you ought to tell me who *you* are, first.'

'Why?' said the Caterpillar.

Here was another puzzling question; and, as Alice could not think of any good reason, and the Caterpillar seemed to be in a *very* unpleasant state of mind, she turned away.

'Come back!' the Caterpillar called after her. 'I've something important to say!'

This sounded promising, certainly. Alice turned and came back again.

'Keep your temper,' said the Caterpillar.

'Is that all?' said Alice, swallowing down her anger as well as she could.

'No,' said the Caterpillar.

Alice thought she might as well wait, as she had nothing else to do, and perhaps after all it might tell her something worth hearing. For some minutes it puffed away without speaking; but at last it unfolded
its arms, took the hookah out of its mouth again, and said 'So you think you're changed, do you?'

Alice sehr artig, «da ich es ja selber nicht verstehe. Und wenn man innerhalb eines Tages dauernd die Größe ändert, ist das sehr verwirrend.»

«Ist es nicht», sagte die Raupe.

«Nun, vielleicht ist es Ihnen noch nicht so gegangen», sagte Alice, «aber wenn Sie sich in eine Puppe verwandeln – und das werden Sie ja eines Tages – und danach in einen Schmetterling, dann wird Ihnen das gewiß etwas sonderbar vorkommen, glauben Sie nicht auch?»

«Keineswegs», sagte die Raupe.

«Na, vielleicht denken Sie anders darüber», sagte Alice. «Ich weiß nur, daß ich es sehr sonderbar fände.»

«Du?» sagte die Raupe voller Verachtung. «Und wer bist *du?*»

Womit sie wieder zum Anfang ihrer Unterhaltung zurückgekehrt waren. Es ärgerte Alice ein wenig, daß die Raupe so kurz angebunden war. Sie reckte sich deshalb in die Höhe und sagte: «Zuerst sollten Sie mir einmal sagen, wer Sie sind.»

«Wieso?» fragte die Raupe.

Das war nun wieder eine schwierige Frage, und da Alice keine gute Begründung einfiel und die Raupe wirklich sehr schlechter Laune zu sein schien, wandte sie sich zum Gehen.

«Komm zurück!» rief die Raupe ihr nach. «Ich muß dir etwas Wichtiges sagen.»

Das klang allerdings vielversprechend. Alice kehrte also um und ging zurück.

«Verlier nie die Geduld», sagte die Raupe.

«Ist das alles?» fragte Alice und bemühte sich, ihren Ärger hinunterzuschlucken.

«Nein», erwiderte die Raupe.

Da Alice nichts Bestimmtes vorhatte, beschloß sie, noch ein Weilchen zu warten. Vielleicht würde ihr die Raupe ja noch etwas Wissenswertes mitteilen. Einige Minuten paffte diese schweigend, dann ließ sie die Arme sinken, nahm die Pfeife aus dem Mund und sagte: «Du glaubst also, du hast dich verändert?»

'I'm afraid I am, Sir,' said Alice. 'I ca'n't remember things as I used – and I don't keep the same size for ten minutes together!'

'Ca'n't remember *what* things?' said the Caterpillar.

'Well, I've tried to say "How doth the little busy bee," but it all came different!' Alice replied in a very melancholy voice.

'Repeat "You are old, Father William,"' said the Caterpillar.

Alice folded her hands, and began:

'You are old, Father William,' the young man said,
   'And your hair has become very white;
And yet you incessantly stand on your head –
   Do you think, at your age, it is right?'

'I my youth,' Father William replied to his son,
   'I feared it might injure the brain;
But, now that I'm perfectly sure I have none,
   Why, I do it again and again.'

'You are old,' said the youth, 'as I mentioned before,
   And have grown most uncommonly fat;
Yet you turned a back-somersault in at the door –
   Pray, what is the reason of that?'

'In my youth,' said the sage, as he shook his grey locks,
   'I kept all my limbs very supple
By the use of this ointment – one shilling the box –
   Allow me to sell you a couple?'

'You are old,' said the youth, 'and your jaws are too weak
   For anything tougher than suet;
Yet you finished the goose, with the bones and the beak –
   Pray, how did you manage to do it?'

68 'In my youth,' said his father, 'I took to the law,
69   And argued each case with my wife;

«Ich fürchte, ja, Sir», sagte Alice. «Ich kann mir nichts mehr wie früher merken – und meine Größe verändert sich alle zehn Minuten.»

«Was kannst du dir nicht mehr merken?» fragte die Raupe.

«Nun, ich habe versucht, ‹Wie hübsch macht sich das Bienchen klein› aufzusagen, aber es kam ganz verkehrt heraus», sagte Alice kummervoll.

«Rezitiere ‹Du bist alt, Vater William›», sagte die Raupe.

Alice faltete die Hände und fing an:

«Du bist alt, Vater William», sprach vorlaut der Sohn,
  «Und dein Haar ist inzwischen schlohweiß;
Doch du frönst weiterhin deiner Kopfstand-Passion.
  Ist das ratsam für dich, einen Greis?»

«Als ich jung war», versetzt' Vater William darauf,
  «Hatt' ich Angst, mein Verstand könnte leiden.
Später gab ich den Wunsch nach Verstand völlig auf.
  Also wozu den Kopfstand jetzt meiden?»

«Du bist alt», sprach der Jüngling zum x-ten Mal,
  «Und dein Bauch ist gewaltig und rund;
Doch mit Purzelbaum rückwärts betratst du den Saal.
  Sag mal, gibt es dafür einen Grund?»

«Als ich jung war», sprach lächelnd der weise Mann,
  «Hielt mich diese Heilsalbe beweglich.
Für 'nen Schilling die Packung biet' ich sie dir an.
  Greif zu und benutze sie täglich!»

«Du bist alt», sprach der Sohn, «dein Gebiß abgenutzt,
  Kannst nur Suppe und Pudding verzehren;
Und doch hast du die Gans samt Knochen verputzt.
  Magst du mir das Kunststück erklären?»

«Als ich jung war und Anwalt», sprach der Papa,
  «Plädiert' ich mit kräftiger Lunge

And the muscular strength, which it gave to my jaw
    Has lasted the rest of my life.'

'You are old,' said the youth, 'one would hardly suppose
    That your eye was as steady as ever;
Yet you balanced an eel on the end of your nose –
    What made you so awfully clever?'

I have answered three questions, and that is enough,'
    Said his father. 'Don't give yourself airs!
Do you think I can listen all day to such stuff?
    Be off, or I'll kick you down-stairs!'

'That is not said right,' said the Caterpillar.

'Not *quite* right, I'm afraid,' said Alice, timidly: 'some of the words have got altered.'

'It is wrong from beginning to end,' said the Caterpillar, decidedly; and there was silence for some minutes.

The Caterpillar was the first to speak.

'What size do you want to be?' it asked.

'Oh, I'm not particular as to size,' Alice hastily replied; 'only one doesn't like changing so often, you know.'

'I *don't* know,' said the Caterpillar.

Alice said nothing: she had never been so much contradicted in all her life before, and she felt that she was losing her temper.

'Are you content now?' said the Caterpillar.

'Well, I should like to be a *little* larger, Sir, if you wouldn't mind,' said Alice: 'three inches is such a wretched height to be.'

'It is a very good height indeed!' said the Caterpillar angrily, rearing itself upright as it spoke (it was exactly three inches high).

'But I'm not used to it!' pleaded poor Alice in a piteous tone. And she thought to herself 'I wish the creatures wouldn't be so easily offended!'

In eigener Sache mit deiner Mama,
  Und das gab mir 'ne sehr scharfe Zunge.»

«Du bist alt», sprach der Sohn, «und zittrig und schlaff,
  So möchte man meinen. Doch dann
Balancierst auf der Nase du Aale ganz straff.
  Sag, wie wird man ein so kluger Mann?»

«Dreimal gab ich dir Antwort. Nun reicht's, mein Sohn»,
  Sprach der Vater. «Wie kommst du mir vor?
Bin ich etwa ein wandelndes Lexikon?
  Jetzt verschwinde, sonst gibt's was aufs Ohr!»

«Das war nicht richtig gesagt», stellte die Raupe fest.

«Nicht vollkommen richtig, fürchte ich», gab Alice zaghaft zu. «Ein paar Worte waren verändert.»

«Es war von vorn bis hinten verkehrt», sagte die Raupe mit Nachdruck, und dann herrschte einige Minuten lang Schweigen.

Die Raupe sprach als erste wieder.

«Welche Größe hättest du denn gern?» fragte sie.

«Ach, auf die genaue Größe kommt es mir gar nicht so sehr an», erwiderte Alice rasch. «Ich möchte sie nur nicht so oft wechseln, verstehen Sie?»

«Nein, das verstehe ich nicht», sagte die Raupe.

Alice schwieg dazu. So oft hatte man ihr im ganzen Leben noch nicht widersprochen, und sie merkte, wie in ihr der Ärger hochstieg.

«Bist du jetzt zufrieden?» fragte die Raupe.

«Nun, ein kleines bißchen größer wäre ich doch ganz gerne, Sir» sagte Alice. «Drei Zoll sind nun einmal schrecklich wenig.»

«Das ist eine sehr schöne Größe!» sagte die Raupe ärgerlich und reckte sich dabei in die Höhe. (Sie war genau drei Zoll lang.)

«Aber ich bin nicht daran gewöhnt», wandte Alice flehentlich ein, und bei sich dachte sie: «Wenn die Tiere doch nur nicht so leicht gekränkt wären!»

'You'll get used to it in time,' said the Caterpillar; and it put the hookah into its mouth, and began smoking again.

This time Alice waited patiently until it chose to speak again. In a minute or two the Caterpillar took the hookah out of its mouth, and yawned once or twice, and shook itself. Then it got down off the mushroom, and crawled away into the grass, merely remarking, as it went, 'One side will make you grow taller, and the other side will make you grow shorter.'

'One side of *what*? The other side of *what*?' thought Alice to herself.

'Of the mushroom,' said the Caterpillar, just as if she had asked it aloud; and in another moment it was out of sight.

Alice remained looking thoughtfully at the mushroom for a minute, trying to make out which were the two sides of it; and, as it was perfectly round, she found this a very difficult question. However, at last she stretched her arms round it as far as they would go, and broke off a bit of the edge with each hand.

'And now which is which?' she said to herself, and nibbled a little of the right-hand bit to try the effect. The next moment she felt a violent blow underneath her chin: it had struck her foot!

She was a good deal frightened by this very sudden change, but she felt that there was no time to be lost, as she was shrinking rapidly: so she set to work at once to eat some of the other bit. Her chin was pressed so closely against her foot, that there was hardly room to open her mouth; but she did it at last, and managed to swallow a morsel of the left-hand bit.

'Come, my head's free at last!' said Alice in a tone of delight, which changed into alarm in another moment, when she found that her shoulders were nowhere to be found: all she could see, when she looked down, was an immense length of neck, which seemed to rise like a

«Du wirst dich schon daran gewöhnen», sagte die Raupe. Dann steckte sie die Pfeife wieder in den Mund und rauchte weiter.

Diesmal wartete Alice geduldig, bis es der Raupe gefiele, sie wieder anzusprechen. Nach ein paar Minuten nahm diese die Wasserpfeife aus dem Mund, gähnte mehrmals und räkelte sich. Dann kletterte sie von dem Pilz herunter und kroch durchs Gras davon, wobei sie nur bemerkte: «Die eine Seite macht dich größer, die andere Seite macht dich kleiner.»

«Die eine Seite von *was*? Die andere Seite von *was*?» rätselte Alice.

«Vom Pilz», sagte die Raupe, als hätte Alice laut gefragt, und im nächsten Augenblick war sie schon nicht mehr zu sehen.

Nachdenklich betrachtete Alice den Pilz eine Weile und dachte darüber nach, welches wohl seine beiden Seiten seien, aber da er ganz rund war, fand sie das schwer zu entscheiden. Schließlich reckte sie ihre Arme um den Pilz, so weit sie nur konnte, und brach mit jeder Hand ein Stück vom Hutrand ab.

«Aber welches ist welches?» fragte sie sich und knabberte an dem rechten Stück, um seine Wirkung zu versuchen. Im nächsten Augenblick spürte sie einen heftigen Schlag gegen ihr Kinn: Sie war damit an ihren Fuß gestoßen!

Über diese plötzliche Veränderung war sie sehr erschrocken, aber da sie immer kleiner wurde, durfte sie nun keine Zeit verlieren, und so ging sie gleich daran, etwas von dem anderen Stück zu essen. Ihr Kinn drückte so fest gegen den Fuß, daß sie kaum den Mund aufbekam, aber dann gelang es ihr doch, ein wenig von dem linken Stück herunterzuschlukken.

«Na, endlich ist mein Kopf wieder frei!» rief Alice, aber ihre Freude schlug schon im nächsten Augenblick in Entsetzen um, als sie bemerkte, daß ihre Schultern nirgends mehr zu sehen waren. Alles, was sie sah, wenn sie nach unten blickte, war ein riesig langer Hals, der wie ein Blumenstengel

stalk out of a sea of green leaves that lay far below her.

'What *can* all that green stuff be?' said Alice. 'And where have my shoulders got to? And oh, my poor hands, how is it I ca'n't see you?' She was moving them about, as she spoke, but no result seemed to follow, except a little shaking among the distant green leaves.

As there seemed to be no chance of getting her hands up to her head, she tried to get her head down to *them*, and was delighted to find that her neck would bend about easily in any direction, like a serpent. She had just succeeded in curving it down into a graceful zigzag, and was going to dive in among the leaves, which she found to be nothing but the tops of the trees under which she had been wandering, when a sharp hiss made her draw back in a hurry: a large pigeon had flown into her face, and was beating her violently with its wings.

'Serpent!' screamed the Pigeon.

'I'm *not* a serpent!' said Alice indignantly. 'Let me alone!'

'Serpent, I say again!' repeated the Pigeon, but in a more subdued tone, and added, with a kind of sob, 'I've tried every way, but nothing seems to suit them!'

'I haven't the least idea what you're talking about,' said Alice.

'I've tried the roots of trees, and I've tried banks, and I've tried hedges,' the Pigeon went on, without attending to her; 'but those serpents! There's no pleasing them!'

Alice was more and more puzzled, but she thought there was no use in saying anything more till the Pigeon had finished.

'As if it wasn't trouble enough hatching the eggs,' said the Pigeon; 'but I must be on the look-out for serpents, night and day! Why, I haven't had a wink of sleep these three weeks!'

aus einem Meer grüner Blätter unter ihr hervorzuwachsen schien.

«Was ist das für ein grünes Zeug?» dachte Alice. «Und was mag aus meinen Schultern geworden sein? Ach, und meine armen Hände, warum kann ich euch nicht mehr sehen?» Bei diesen Worten reckte sie die Arme, aber außer daß sich tief unten die Blätter ein wenig bewegten, geschah gar nichts.

Da ihre Hände anscheinend nicht mehr an ihren Kopf reichen konnten, versuchte sie, mit dem Kopf zu ihnen hinunterzugelangen, und zu ihrer Freude stellte sie fest, daß ihr Hals sich mühelos in jede Richtung biegen ließ wie eine Schlange. Gerade war es ihr gelungen, ihn in einer eleganten Schlangenlinie nach unten zu neigen, und sie wollte schon in das Laub eintauchen, das, wie sie feststellte, nichts anderes war als die Kronen jener Bäume, unter denen sie zuvor umhergelaufen war – da ließ ein lautes Schwirren sie zurückfahren: Eine große Wildtaube war ihr ins Gesicht geflogen und schlug wild mit den Flügeln.

«Schlange!» schrie die Taube.

«Ich bin keine Schlange!» rief Alice empört. «Laß mich in Frieden.»

«Doch Schlange!» wiederholte die Taube, aber diesmal schon leiser, und mit einer Art Schluchzen setzte sie hinzu: «Alles habe ich schon versucht, aber nirgends ist man vor ihnen sicher.»

«Ich habe keine Ahnung, wovon du redest», sagte Alice.

«Ich hab's in einer Baumwurzel versucht und am Ufer und in einer Hecke», fuhr die Taube fort, ohne Alice zu beachten, «aber diese Schlangen! Nirgends ist man vor ihnen sicher.»

Alice wurde immer verwirrter, aber es hatte überhaupt keinen Zweck, etwas zu sagen, dachte sie, ehe die Taube fertig war.

«Das Brüten ist doch schon mühsam genug», sagte die Taube, «aber Tag und Nacht muß ich auch noch nach Schlangen Ausschau halten! Seit drei Wochen habe ich kein Auge mehr zugetan!»

'I'm very sorry you've been annoyed,' said Alice, who was beginning to see its meaning.

'And just as I'd taken the highest tree in the wood,' continued the Pigeon, raising its voice to a shriek, 'and just as I was thinking I should be free of them at last, they must needs come wriggling down from the sky! Ugh, Serpent!'

'But I'm *not* a serpent, I tell you!' said Alice. 'I'm a – I'm a –'

'Well! *What* are you?' said the Pigeon. 'I can see you're trying to invent something!'

'I – I'm a little girl,' said Alice, rather doubtfully, as she remembered the number of changes she had gone through, that day.

'A likely story indeed!' said the Pigeon, in a tone of the deepest contempt. 'I've seen a good many little girls in my time, but never *one* with such a neck as that! No, no! You're a serpent; and there's no use denying it. I suppose you'll be telling me next that you never tasted an egg!'

'I *have* tasted eggs, certainly,' said Alice, who was a very truthful child; 'but little girls eat eggs quite as much as serpents do, you know.'

'I don't believe it,' said the Pigeon; 'but if they do, why, then they're a kind of serpent: that's all I can say.'

This was such a new idea to Alice, that she was quite silent for a minute or two, which gave the Pigeon the opportunity of adding 'You're looking for eggs, I know *that* well enough; and what does it matter to me whether you're a little girl or a serpent?'

'It matters a good deal to *me*,' said Alice hastily; 'but I'm not looking for eggs, as it happens; and, if I was, I shouldn't want *yours*: I don't like them raw.'

'Well, be off, then!' said the Pigeon in a sulky tone, as it settled down again into its nest. Alice crouched down among the trees as well as she could, for her neck kept getting entangled among the branches, and

«Es tut mir sehr leid, daß man dich belästigt hat», sagte Alice, die langsam begriff, was die Taube meinte.

«Und kaum habe ich mir den höchsten Baum im Wald ausgesucht», fuhr die Taube mit immer schriller werdender Stimme fort, «und denke schon, jetzt bin ich sie endlich los, da schlängeln sie sich vom Himmel herunter! Pfui, Schlange!»

«Aber ich sage dir doch, daß ich keine Schlange bin!» sagte Alice. «Ich bin... ich bin...»

«Nun? Was bist du denn?» fragte die Taube. «Ich merke schon, du suchst eine Ausrede.»

«Ich... ich bin ein kleines Mädchen», sagte Alice etwas unsicher, denn sie mußte denken, wie oft sie sich an diesem Tage schon verwandelt hatte.

«Ach erzähl mir doch nichts!» sagte die Taube in sehr verächtlichem Ton. «Ich habe schon viele kleine Mädchen gesehen, aber keins hatte so einen langen Hals. Nein, du bist eine Schlange, da hilft dir kein Leugnen. Wahrscheinlich willst du auch behaupten, du hättest noch nie Eier gegessen?»

«Natürlich habe ich schon Eier gegessen», sagte Alice, die ein sehr aufrichtiges Kind war. «Aber kleine Mädchen essen genauso oft Eier wie Schlangen, weißt du.»

«Das glaube ich nicht», sagte die Taube. «Aber wenn es so ist, dann muß ich sagen, daß sie auch so was wie Schlangen sind.»

Dieser Gedanke war Alice so neu, daß sie für eine Weile verstummte, was der Taube Gelegenheit gab hinzuzufügen: «Ich weiß genau, daß du nach Eiern suchst, und da ist es mir ganz gleich, ob du ein kleines Mädchen bist oder eine Schlange.»

«Mir ist es aber gar nicht gleich», sagte Alice schnell. «Außerdem suche ich gar nicht nach Eiern, und wenn, dann wollte ich deine nicht. Ich mag nämlich keine rohen Eier.»

«Dann mach, daß du fortkommst», sagte die Taube mürrisch und setzte sich wieder in ihr Nest. Alice beugte sich unter die Bäume, so gut es ging, aber ihr Hals blieb immer

every now and then she had to stop and untwist it. After a while she remembered that she still held the pieces of mushroom in her hands, and she set to work very carefully, nibbling first at one and then at the other, and growing sometimes taller, and sometimes shorter, until she had succeeded in bringing herself down to her usual height.

It was so long since she had been anything near the right size, that it felt quite strange at first; but she got used to it in a few minutes, and began talking to herself, as usual, 'Come, there's half my plan done now! How puzzling all these changes are! I'm never sure what I'm going to be, from one minute to another! However, I've got back to my right size: the next thing is, to get into that beautiful garden – how *is* that to be done, I wonder?' As she said this, she came suddenly upon an open place, with a little house in it about four feet high. 'Whoever lives there,' thought Alice, 'it'll never do to come upon them *this* size: why, I should frighten them out of their wits!' So she began nibbling at the right-hand bit again, and did not venture to go near the house till she had brought herself down to nine inches high.

wieder an Ästen hängen, und ab und zu mußte sie stehen-bleiben, um ihn zu befreien. Nach einer Weile fiel ihr ein, daß sie ja noch die Pilzstücke in den Händen hielt, und sehr behutsam machte sie sich daran, mal an dem einen und mal an dem andern zu knabbern, wodurch sie bald größer, bald kleiner wurde, bis sie schließlich wieder ihre richtige Größe hatte.

Zuerst fühlte sie sich ganz sonderbar, denn es war schon lange her, seit sie auch nur annähernd ihr gewohntes Maß gehabt hatte, aber bald war sie wieder daran gewöhnt, und wie üblich fing sie an, mit sich zu reden: «So, die erste Hälfte meines Vorhabens wäre geschafft! Diese Veränderungen sind doch sehr verwirrend! Nie weiß ich, was ich im nächsten Moment sein werde. Jedenfalls habe ich jetzt wieder meine richtige Größe. Nun muß ich in diesen schönen Garten gelangen. Aber wie soll ich das nur anstellen? Bei diesen Worten kam sie plötzlich an eine Lichtung, in der ein kleines, etwa vier Fuß hohes Häuschen stand. «Ich weiß zwar nicht, wer da wohnt», dachte Alice, «aber mit meiner Größe darf ich mich dort nicht zeigen. Sie würden sich zu Tode erschrecken!» Sie knabberte also wieder an dem Stück in ihrer Rechten und näherte sich dem Häuschen erst, als sie auf neun Zoll geschrumpft war.

Chapter VI: Pig and Pepper

Sechstes Kapitel: Ein gepfeffertes Ferkel

For a minute or two she stood looking at the house, and wondering what to do next, when suddenly a footman in livery came running out of the wood – (she considered him to be a footman because he was in livery: otherwise, judging by his face only, she would have called him a fish) – and rapped loudly at the door with his knuckles. It was opened by another footman in livery, with a round face, and large eyes like a frog; and both footmen, Alice noticed, had powdered hair that curled all over their heads. She felt very curious to know what it was all about, and crept a little way out of the wood to listen.

The Fish-Footman began by producing from under his arm a great letter, nearly as large as himself, and this he handed over to the other, saying, in a solemn tone, 'For the Duchess. An invitation from the Queen to play croquet.' The Frog-Footman repeated, in the same solemn tone, only changing the order of the words a little, 'From the Queen. An invitation for the Duchess to play croquet.'

Then they both bowed low, and their curls got entangled together.

Alice laughed so much at this, that she had to run

Eine Weile betrachtete sie das Haus und überlegte, was sie nun tun sollte; da kam plötzlich ein livrierter Diener aus dem Wald gelaufen – daß er ein Diener war, nahm sie an, weil er eine Livree trug; seinem Gesicht nach hätte sie ihn eher für einen Fisch gehalten – und klopfte laut mit der Faust an die Tür.

Ein anderer livrierter Diener mit einem runden Gesicht und großen Froschaugen öffnete ihm. Alice bemerkte, daß beide gepuderte Perücken trugen, die sich in vielen Löckchen um ihre Köpfe kräuselten. Begierig zu erfahren, was das zu bedeuten habe, schlich sie etwas näher, um zu lauschen.

Zuerst zog der Fisch-Diener einen Brief unter dem Arm hervor, der fast so groß war wie er selbst, und überreichte ihn dem anderen Diener mit den feierlichen Worten: «Für die Herzogin: Eine Einladung von der Königin zu einer Krocketpartie.» Der Frosch-Diener wiederholte diese Worte ebenso feierlich, stellte sie nur ein wenig um: «Von der Königin: Eine Einladung an die Herzogin zu einer Krocket-partie.»

Hierauf verneigten sich beide tief, wobei ihre Löckchen sich ineinander verwickelten.

Alice mußte darüber so lachen, daß sie zurück in den

back into the wood for fear of their hearing her; and, when she next peeped out, the Fish-Footman was gone, and the other was sitting on the ground near the door, staring stupidly up into the sky.

Alice went timidly up to the door, and knocked.

'There's no sort of use in knocking,' said the Footman, 'and that for two reasons. First, because I'm on the same side of the door as you are: secondly, because they're making such a noise inside, no one could possibly hear you.' And certainly there *was* a most extraordinary noise going on within – a constant howling and sneezing, and every now and then a great crash, as if a dish or kettle had been broken to pieces.

'Please, then,' said Alice, 'how am I to get in?'

'There might be some sense in your knocking,' the Footman went on, without attending to her, 'if we had the door between us. For instance, if you were *inside*, you might knock, and I could let you out, you know.' He was looking up into the sky all the time he was speaking, and this Alice thought decidedly uncivil. 'But perhaps he ca'n't help it,' she said to herself; 'his eyes are so *very* nearly at the top of his head. But at any rate he might answer questions. – How am I to get in?' she repeated, aloud.

'I shall sit here,' the Footman remarked, 'till tomorrow –'

At this moment the door of the house opened, and a large plate came skimming out, straight at the Footman's head: it just grazed his nose, and broke to pieces against one of the trees behind him.

'– or next day, maybe,' the Footman continued in the same tone, exactly as if nothing had happened.

'How am I to get in?' asked Alice again, in a louder tone.

'*Are* you to get in at all?' said the Footman. 'That's the first question, you know.'

It was, no doubt: only Alice did not like to be told so. 'It's really dreadful,' she muttered to herself, 'the

Wald lief, um von den beiden nicht entdeckt zu werden. Als sie schließlich wieder hervorlugte, war der Fisch-Diener verschwunden, und der andere saß neben der Tür auf dem Boden und glotzte blöde in die Luft.

Zaghaft ging Alice auf die Tür zu und klopfte an.

«Es hat gar keinen Zweck, hier zu klopfen», sagte der Diener, «und zwar aus zwei Gründen. Erstens bin ich auf derselben Seite der Tür wie du, und zweitens machen sie da drin einen solchen Lärm, daß dich unmöglich jemand hören kann.» Und in der Tat ertönte aus dem Haus ein gewaltiger Lärm – ein fortwährendes Heulen und Niesen und hin und wieder ein lautes Klirren, als ob eine Schüssel oder ein Topf in Scherben ginge.

«Bitte», sagte Alice, «wie komme ich denn sonst hinein?»

«Einen gewissen Sinn hätte dein Klopfen vielleicht», fuhr der Diener fort, ohne ihre Frage zu beachten, «wenn wir die Tür zwischen uns hätten. Wenn du zum Beispiel drinnen wärst, könntest du klopfen, und ich würde dich herauslassen.» Dabei starrte er die ganze Zeit in die Luft, was Alice sehr unhöflich fand. «Aber vielleicht kann er nichts dafür», sagte sie sich dann. «Seine Augen sitzen ja auch ganz oben im Kopf. Aber er könnte mir doch wenigstens antworten.» Und sie wiederholte laut: «Wie komme ich denn da hinein?»

«Ich bleibe hier sitzen», bemerkte der Diener, «bis morgen...»

Im selben Augenblick öffnete sich die Haustür, und ein großer Teller kam herausgeflogen, genau auf den Kopf des Dieners zu, streifte seine Nase und zerschellte an einem Baum hinter ihm in tausend Scherben.

«...oder vielleicht bis übermorgen», fuhr der Diener gleichmütig fort, als sei nichts geschehen.

«Wie komme ich denn da hinein?» fragte Alice wieder, und diesmal lauter als zuvor.

«Darfst du überhaupt hineinkommen?» sagte der Diener. «Das ist doch zuerst einmal die Frage, meine ich.»

Damit hatte er zwar recht, aber Alice ließ es sich nicht gerne sagen. «Es ist wirklich schrecklich, wie diese Geschöpfe

way all the creatures argue. It's enough to drive one crazy!'

The Footman seemed to think this a good opportunity for repeating his remark, with variations. 'I shall sit here,' he said, 'on and off, for days and days.'

'But what am *I* to do?' said Alice.

'Anything you like,' said the Footman, and began whistling.

'Oh, there's no use in talking to him,' said Alice desperately: 'he's perfectly idiotic!' And she opened the door and went in.

The door led right into a large kitchen, which was full of smoke from one end to the other: the Duchess was sitting on a three-legged stool in the middle, nursing a baby: the cook was leaning over the fire, stirring a large cauldron which seemed to be full of soup.

'There's certainly too much pepper in that soup!' Alice said to herself, as well as she could for sneezing.

There was certainly too much of it in the *air*. Even the Duchess sneezed occasionally; and as for the baby, it was sneezing and howling alternately without a moment's pause. The only two creatures in the kitchen, that did *not* sneeze, were the cook, and a large cat, which was lying on the hearth and grinning from ear to ear.

'Please would you tell me,' said Alice, a little timidly, for she was not quite sure whether it was good manners for her to speak first, 'why your cat grins like that?'

'It's a Cheshire-Cat,' said the Duchess, 'and that's why. Pig!'

She said the last word with such sudden violence that Alice quite jumped; but she saw in another moment that it was addressed to the baby, and not to her, so she took courage, and went on again:

84
85

'I didn't know that Cheshire-Cats always grinned; in fact, I didn't know that cats *could* grin.'

hier alles in Frage stellen», murrte sie. «Man könnte verrückt davon werden.»

Der Diener hielt dies offenbar für eine passende Gelegenheit, um seine Bemerkung leicht abgewandelt zu wiederholen. «Ich bleibe hier sitzen», sagte er, «mit Unterbrechungen, tagelang.»

«Aber was soll ich denn tun?» fragte Alice.

«Was du willst», sagte der Diener und fing an, vor sich hinzupfeifen.

«Es hat gar keinen Zweck, mit ihm zu reden», sagte Alice gereizt. «Er ist ja vollkommen verblödet!» Und sie öffnete die Tür und trat ein.

Die Tür führte geradewegs in eine große, ganz verräucherte Küche, in deren Mitte die Herzogin auf einem dreibeinigen Schemel saß, ein kleines Kind in den Armen. Die Köchin stand über den Herd gebeugt und rührte in einem großen Kessel, der mit Suppe gefüllt zu sein schien.

«In dieser Suppe ist aber viel zuviel Pfeffer!» dachte Alice, die vor Niesen kaum denken konnte.

In der Luft war ganz gewiß zuviel davon. Selbst die Herzogin nieste gelegentlich, während das Kind in einem fort bald heulte, bald nieste. Die beiden einzigen in der Küche, die nicht niesen mußten, waren die Köchin und eine große Katze, die vor dem Herd lag und über das ganze Gesicht grinste.

«Ach, bitte», begann Alice ein wenig schüchtern, da sie unsicher war, ob es sich für sie schickte, zuerst zu sprechen, «könnten Sie mir wohl sagen, warum Ihre Katze in einem fort grinst?»

«Es ist eine Cheshire-Katze», sagte die Herzogin. «Darum. Ferkel!»

Dieses letzte Wort stieß sie so heftig hervor, daß Alice ordentlich zusammenfuhr. Sie merkte aber gleich, daß es nicht ihr, sondern dem kleinen Kind galt. Daher faßte sie sich ein Herz und fuhr fort:

«Ich wußte gar nicht, daß Cheshire-Katzen immerzu grinsen. Ich wußte nicht einmal, daß Katzen überhaupt grinsen können.»

'They all can,' said the Duchess; 'and most of 'em do.'

'I don't know of any that do,' Alice said very politely, feeling quite pleased to have got into a conversation.

'You don't know much,' said the Duchess; 'and that's a fact.'

Alice did not at all like the tone of this remark, and thought it would be as well to introduce some other subject of conversation. While she was trying to fix on one, the cook took the cauldron of soup off the fire, and at once set to work throwing everything within her reach at the Duchess and the baby – the fire-irons came first; then followed a shower of saucepans, plates, and dishes. The Duchess took no notice of them even when they hit her; and the baby was howling so much already, that it was quite impossible to say whether the blows hurt it or not.

'Oh, *please* mind what you're doing!' cried Alice, jumping up and down in an agony of terror. 'Oh, there goes his *precious* nose!' as an unusually large saucepan flew close by it, and very nearly carried it off.

'If everybody minded their own business,' the Duchess said, in a hoarse growl, 'the world would go round a deal faster than it does.'

'Which would *not* be an advantage,' said Alice, who felt very glad to get an opportunity of showing off a little of her knowledge. 'Just think what work it would make with the day and night! You see the earth takes twenty-four hours to turn round on its axis –'

'Talking of axes,' said the Duchess, 'chop off her head!'

Alice glanced rather anxiously at the cook, to see if she meant to take the hint; but the cook was busily stirring the soup, and seemed not to be listening, so she went on again: 'Twenty-four hours, I *think*; or is it twelve? I –'

«Sie können's alle», sagte die Herzogin, «und die meisten tun's auch.»

«Ich weiß von keiner, die grinst», sagte Alice sehr höflich und erfreut, daß eine kleine Unterhaltung in Gang gekommen war.

«Viel weißt du nicht», sagte die Herzogin. «Das steht fest.»

Der Ton, in dem sie dies sagte, gefiel Alice gar nicht, und sie hielt es deshalb für besser, von etwas anderem zu sprechen. Während sie noch nach einem geeigneten Thema suchte, nahm die Köchin den Suppenkessel vom Herd und fing an, alles, was ihr in die Hände kam, nach der Herzogin und dem Kind zu werfen – zuerst die Feuerhaken, und dann hagelte es Töpfe, Teller und Schüsseln. Die Herzogin nahm gar keine Notiz davon, auch wenn sie getroffen wurde, und das Kind heulte ohnehin schon so laut, daß man unmöglich feststellen konnte, ob ihm die Wurfgeschosse weh taten oder nicht.

«O bitte, geben Sie doch acht, was Sie tun!» rief Alice und sprang vor Entsetzen hin und her. «O weh, sein süßes Näschen!» – denn gerade flog ein besonders großer Topf knapp daran vorbei und hätte es um ein Haar mit sich fortgerissen.

«Wenn jeder sich bloß um das kümmerte, was ihn angeht», schimpfte die Herzogin heiser, «dann könnte sich die Welt viel rascher drehen!»

«Was aber gar nicht gut wäre», sagte Alice, die sich sehr über diese Gelegenheit freute, mit ihrem Wissen ein bißchen zu glänzen. «Denken Sie nur, was für ein Durcheinander es dann mit Tag und Nacht gäbe! Die Erde braucht nämlich vierundzwanzig Stunden, um sich um ihre Achse zu drehen...»

«Achse? Axt!» rief die Herzogin. «Schlag ihr damit den Kopf ab!»

Alice sah sich ängstlich um, ob die Köchin dieser Aufforderung Folge leisten werde. Aber die Köchin rührte emsig in der Suppe und schien gar nicht hinzuhören, so daß Alice fortfuhr: «Ich glaube, es sind vierundzwanzig. Oder sind es zwölf? Ich...»

'Oh, don't bother *me*!' said the Duchess. 'I never could abide figures!' And with that she began nursing her child again, singing a sort of lullaby to it as she did so, and giving it a violent shake at the end of every line:

> 'Speak roughly to your little boy,
>   And beat him when he sneezes:
> He only does it to annoy,
>   Because he knows it teases.'

Chorus
(in which the cook and the baby joined):
'Wow! wow! wow!'

While the Duchess sang the second verse of the song, she kept tossing the baby violently up and down, and the poor little thing howled so, that Alice could hardly hear the words:

> 'I speak severely to my boy,
>   I beat him when he sneezes;
> For he can thoroughly enjoy
>   The pepper when he pleases!'

Chorus
'Wow! wow! wow!'

'Here! You may nurse it a bit, if you like!' the Duchess said to Alice, flinging the baby at her as she spoke. 'I must go and get ready to play croquet with the Queen,' and she hurried out of the room. The cook threw a frying-pan after her as she went, but it just missed her.

Alice caught the baby with some difficulty, as it was a queer-shaped little creature, and held out its arms and legs in all directions, 'just like a star-fish,' thought Alice. The poor little thing was snorting like a steam-

«Laß mich doch damit in Frieden!» sagte die Herzogin. «Ich konnte Zahlen noch nie ausstehen.» Und damit begann sie wieder, ihr Kind im Arm zu wiegen und dazu eine Art Schlaflied zu singen, wobei sie es nach jedem Vers einmal kräftig schüttelte:

> Sei streng mit deinem kleinen Sohn
> Und schlag ihn, wenn er niest;
> Er tut es doch nur dir zum Hohn,
> Und weil es dich verdrießt.

> *Refrain*
> (in den die Köchin und das Kind einstimmten):
> Wau! Wau! Wau!

Während die Herzogin die zweite Strophe des Liedes sang, fuhr sie fort, ihr Kleines wild zu schaukeln, und das arme Ding heulte dermaßen, daß Alice die Worte kaum noch verstand:

> Mit meinem Sohn red' ich Fraktur,
> Und niest er, gibt es Prügel,
> Denn Pfeffer schmeckt ihm, aber nur,
> Wenn's ihm gefällt, dem Flegel!

> *Refrain*
> Wau! Wau! Wau!

«Da! Jetzt kannst du ihn mal halten, wenn du willst», sagte die Herzogin zu Alice und warf ihr das kleine Kind zu. «Ich muß mich für die Krocketpartie mit der Königin fertigmachen.» Und damit eilte sie aus der Küche. Die Köchin schleuderte ihr noch eine Bratpfanne nach, die sie aber knapp verfehlte.

Es gelang Alice nur mit knapper Not, das Kind aufzufangen, denn das kleine Geschöpf war sonderbar gewachsen und streckte Ärmchen und Beinchen nach allen Richtungen. «Wie ein Seestern», dachte Alice. Das arme Ding schnaufte

engine when she caught it, and kept doubling itself up and straightening itself out again, so that altogether, for the first minute or two, it was as much as she could do to hold it.

As soon as she had made out the proper way of nursing it (which was to twist it up into a sort of knot, and then keep tight hold of its right ear and left foot, so as to prevent its undoing itself), she carried it out into the open air. 'If I don't take this child away with me,' thought Alice, 'they're sure to kill it in a day or two. Wouldn't it be murder to leave it behind?' She said the last words out loud, and the little thing grunted in reply (it had left off sneezing by this time). 'Don't grunt,' said Alice; 'that's not at all a proper way of expressing yourself.'

The baby grunted again, and Alice looked very anxiously into its face to see what was the matter with it. There could be no doubt that it had a *very* turn-up nose, much more like a snout than a real nose: also its eyes were getting extremely small for a baby: altogether Alice did not like the look of the thing at all. 'But perhaps it was only sobbing,' she thought, and looked into its eyes again, to see if there were any tears.

No, there were no tears. 'If you're going to turn into a pig, my dear,' said Alice, seriously, 'I'll have nothing more to do with you. Mind now!' The poor little thing sobbed again (or grunted, it was impossible to say which), and they went on for some while in silence.

Alice was just beginning to think to herself, 'Now, what am I to do with this creature, when I get it home?' when it grunted again, so violently, that she looked down into its face in some alarm. This time there could be *no* mistake about it: it was neither more nor less than a pig, and she felt that it would be quite absurd for her to carry it any further.

So she set the little creature down, and felt quite

wie eine Lokomotive, als sie es auffing, und krümmte und streckte sich so heftig, daß Alice anfangs die größte Mühe hatte, es überhaupt in den Armen zu halten.

Schließlich hatte sie heraus, wie man es am besten hielt (indem man es nämlich zu einer Art Knoten schlang und es dann fest beim rechten Ohr und linken Bein packte, damit es sich nicht wieder aufrollte), und sogleich trug sie es hinaus ins Freie.

«Wenn ich das Kind nicht mitnehme», dachte Alice, «ist es in ein paar Tagen tot. Wäre es nicht Mord, wenn ich es hierließe?» Diese letzten Worte hatte sie laut gesagt, und das kleine Ding, das inzwischen zu niesen aufgehört hatte, grunzte zur Antwort. «Grunz nicht!» sagte Alice. «Was ist denn das für eine Art, sich verständlich zu machen!»

Aber das Kleine grunzte wieder, und Alice schaute besorgt in sein Gesicht, ob ihm etwas fehlte. Seine Nase, daran gab es keinen Zweifel, war so dick und aufgestülpt, daß sie mehr einem Schweinsrüssel als einer wirklichen Nase glich. Auch waren seine Augen für ein Menschenkind winzig klein geworden. Alles in allem wollte es Alice ganz und gar nicht gefallen. «Aber vielleicht hat es ja nur geschluchzt», dachte sie und sah ihm in die Augen, ob Tränen darin wären.

Nein, Tränen waren da keine. «Wenn du dich in ein Ferkel zu verwandeln gedenkst, mein Schatz», sagte Alice ernst, «dann will ich nichts mehr mit dir zu tun haben. Sieh dich vor!» Das arme kleine Ding schluchzte wieder – oder grunzte es? Das war unmöglich zu entscheiden. So gingen sie eine Zeitlang schweigend weiter.

Gerade begann Alice sich Gedanken zu machen: «Was fange ich mit dem Würmchen an, wenn ich heimkomme?» Da grunzte es wieder, und zwar so laut, daß sie ihm erschrocken ins Gesicht sah. Diesmal gab es keinen Zweifel mehr: Was sie da hielt, war nichts anderes als ein – Ferkel, und sich damit weiter abzuschleppen, wäre Alice lächerlich vorgekommen.

Sie setzte das kleine Geschöpf also auf die Erde und war

relieved to see it trot away quietly into the wood. 'If it had grown up,' she said to herself, 'it would have made a dreadfully ugly child: but it makes rather a handsome pig, I think.' And she began thinking over other children she knew, who might do very well as pigs, and was just saying to herself 'if one only knew the right way to change them –' when she was a little startled by seeing the Cheshire-Cat sitting on a bough of a tree a few yards off.

The Cat only grinned when it saw Alice. It looked good-natured, she thought: still it had *very* long claws and a great many teeth, so she felt that it ought to be treated with respect.

'Cheshire-Puss,' she began, rather timidly, as she did not at all know whether it would like the name: however, it only grinned a little wider. 'Come, it's pleased so far,' thought Alice, and she went on. 'Would you tell me, please, which way I ought to go from here?'

'That depends a good deal on where you want to get to,' said the Cat.

'I don't much care where –' said Alice.

'Then it doesn't matter which way you go,' said the Cat.

'– so long as I get *somewhere*,' Alice added as an explanation.

'Oh, you're sure to do that,' said the Cat, 'if you only walk long enough.'

Alice felt that this could not be denied, so she tried another question. 'What sort of people live about here?'

'In *that* direction,' the Cat said, waving its right paw round, 'lives a Hatter: and in *that* direction,' waving the other paw, 'lives a March Hare. Visit either you like: they're both mad.'

'But I don't want to go among mad people,' Alice remarked.

'Oh, you ca'n't help that,' said the Cat: 'we're all mad here. I'm mad. You're mad.'

sehr erleichtert, als es gemächlich zwischen den Bäumen davontrottete. «Mit der Zeit wäre das ein schrecklich häßliches Kind geworden», dachte sie, «aber als Ferkel finde ich es recht hübsch.» Und gerade stellte sie sich einige Kinder in ihrer Bekanntschaft vor, die sich als Schweinchen gut machen würden, und wünschte sich, sie wüßte ein Mittel, wie man sie verwandeln könnte – da fuhr sie leicht zusammen, denn nur wenige Schritte entfernt sah sie die Cheshire-Katze auf dem Ast eines Baumes sitzen.

Die Katze grinste nur, als sie Alice erblickte. Sie sah ganz gutmütig aus, fand Alice, aber sie hatte doch sehr lange Krallen und furchtbar viele Zähne, so daß man sie sehr zuvorkommend behandeln sollte.

«Liebes Cheshire-Kätzchen», begann sie zaghaft, denn sie war nicht sicher, ob diese Bezeichnung der Katze gefallen würde – aber deren Grinsen wurde nur noch etwas breiter. «Na also, das hat ihr gefallen», dachte Alice und fuhr fort: «Würdest du mir bitte sagen, wie ich von hier aus weitergehen soll?»

«Das hängt sehr davon ab, wo du hinwillst», erwiderte die Katze.

«Wohin ich komme, ist nicht so wichtig...», sagte Alice.

«Dann ist es auch gleich, wie du gehst», meinte die Katze.

«...solange ich nur irgendwohin komme», fügte Alice erklärend hinzu.

«Irgendwohin kommst du sicher», sagte die Katze, «wenn du nur lange genug weiterläufst.»

Das war unbestreitbar richtig, fand Alice, und so versuchte sie es mit einer anderen Frage. «Was für Leute wohnen denn hier in der Gegend?»

«Dort drüben», sagte die Katze mit einer Bewegung ihrer rechten Pfote, «wohnt ein Hutmacher. Und dort» – dabei zeigte sie mit ihrer anderen Pfote – «wohnt ein Märzhase. Besuche, wen du willst – verrückt sind sie beide.»

«Aber zu Verrückten möchte ich nicht gehen!» wandte Alice ein.

«Da ist nichts zu machen», sagte die Katze. «Hier sind alle verrückt. Ich bin verrückt. Du bist verrückt.»

'How do you know I'm mad?' said Alice.

'You must be,' said the Cat, 'or you wouldn't have come here.'

Alice didn't think that proved it at all: however, she went on: 'And how do you know that you're mad?'

'To begin with,' said the Cat, 'a dog's not mad. You grant that?'

'I suppose so,' said Alice.

'Well, then,' the Cat went on, 'you see a dog growls when it's angry, and wags its tail when it's pleased. Now I growl when I'm pleased, and wag my tail when I'm angry. Therefore I'm mad.'

'I call it purring, not growling,' said Alice.

'Call it what you like,' said the Cat. 'Do you play croquet with the Queen to-day?'

'I should like it very much,' said Alice, 'but I haven't been invited yet.'

'You'll see me there,' said the Cat, and vanished.

Alice was not much surprised at this, she was getting so well used to queer things happening. While she was still looking at the place where it had been, it suddenly appeared again.

'By-the-bye, what became of the baby?' said the Cat. 'I'd nearly forgotten to ask.'

'It turned into a pig,' Alice answered very quietly, just as if the Cat had come back in a natural way.

'I thought it would,' said the Cat, and vanished again.

Alice waited a little, half expecting to see it again, but it did not appear, and after a minute or two she walked on in the direction in which the March Hare was said to live. 'I've seen hatters before,' she said to herself: 'the March Hare will be much the most interesting, and perhaps, as this is May, it wo'n't be raving mad – at least not so mad as it was in March.' As she said this, she looked up, and there was the Cat again, sitting on a branch of a tree.

'Did you say "pig", or "fig"?' said the Cat.

«Woher weißt du, daß ich verrückt bin?» fragte Alice.

«Mußt du doch sein», antwortete die Katze, «sonst wärst du nicht hergekommen.»

Das bewies gar nichts, fand Alice, aber sie fragte weiter: «Und woher weißt du, daß du verrückt bist?»

«Erstens», sagte die Katze, «weil Hunde nicht verrückt sind. Das wirst du doch zugeben?»

«Meinetwegen», sagte Alice.

«Nun, siehst du», fuhr die Katze fort, «ein Hund knurrt, wenn er böse ist, und wedelt, wenn er sich freut. Ich dagegen knurre, wenn ich mich freue, und bewege den Schwanz, wenn ich böse bin. Folglich bin ich verrückt.»

«Ich nenne das ‹schnurren›, nicht ‹knurren›», sagte Alice.

«Nenn es, wie du willst», entgegnete die Katze. «Spielst du heute mit der Königin Krocket?»

«Ich möchte ja sehr gerne», sagte Alice, «aber bis jetzt habe ich noch keine Einladung bekommen.»

«Da treffen wir uns», sagte die Katze und verschwand.

Alice war darüber nicht besonders verwundert. Sie hatte sich schon daran gewöhnt, daß andauernd etwas Seltsames geschah. Während sie noch auf die Stelle sah, wo die Katze gesessen hatte, tauchte diese plötzlich wieder auf.

«Was ist übrigens aus dem kleinen Kind geworden?» fragte die Katze. «Fast hätte ich vergessen zu fragen.»

«Es ist ein Schweinchen geworden», sagte Alice so ruhig, als wäre die Katze auf ganz natürliche Weise zurückgekehrt.

«Das habe ich mir schon gedacht», sagte die Katze und verschwand wieder.

Alice wartete noch eine Weile in der Hoffnung, sie noch einmal zu sehen, aber sie kam nicht wieder, und nach einiger Zeit brach Alice in die Richtung auf, in der angeblich der Märzhase wohnte. «Hutmacher habe ich schon gesehen», überlegte sie. «Da ist ein Märzhase viel interessanter, und da wir jetzt Mai haben, ist er vielleicht nicht völlig verrückt – zumindest nicht so wie im März.» In diesem Augenblick sah sie auf, und da saß wieder die Katze auf einem Ast.

«Sagtest du ‹Schweinchen› oder ‹Steinchen›?» fragte die Katze.

'I said "pig",' replied Alice; 'and I wish you wouldn't keep appearing and vanishing so suddenly: you make one quite giddy!'

'All right,' said the Cat; and this time it vanished quite slowly, beginning with the end of the tail, and ending with the grin, which remained some time after the rest of it had gone.

'Well! I've often seen a cat without a grin,' thought Alice; 'but a grin without a cat! It's the most curious thing I ever saw in all my life!'

She had not gone much farther before she came in sight of the house of the March Hare: she thought it must be the right house, because the chimneys were shaped like ears and the roof was thatched with fur. It was so large a house, that she did not like to go nearer till she had nibbled some more of the left-hand bit of mushroom, and raised herself to about two feet high: even then she walked up towards it rather timidly, saying to herself 'Suppose it should be raving mad after all! I almost wish I'd gone to see the Hatter instead!'

«Ich sagte ‹Schweinchen›», erwiderte Alice. «Übrigens wünschte ich, du würdest nicht immer so plötzlich auftauchen und dann wieder verschwinden. Das macht mich ganz schwindlig.»

«Bitte sehr», sagte die Katze, und diesmal verschwand sie ganz langsam, zuerst ihre Schwanzspitze und zuletzt ihr Grinsen, das noch eine Weile sichtbar blieb, als alles andere schon verschwunden war.

«So etwas!» dachte Alice. «Eine Katze ohne Grinsen habe ich ja schon oft gesehen, aber ein Grinsen ohne Katze! So etwas Sonderbares ist mir noch nie vorgekommen!»

Sie war noch nicht weit gegangen, da erblickte sie auch schon das Haus des Märzhasen. Das mußte es sein, dachte sie, denn die Schornsteine sahen aus wie lange Ohren, und das Dach war mit Fell gedeckt. Es war ein so großes Haus, daß sie nicht näher heranzugehen wagte, bevor sie nicht ein wenig an dem Pilzstückchen in ihrer Linken geknabbert und eine Größe von zwei Fuß erreicht hatte; und auch dann ging sie noch sehr zaghaft darauf zu, wobei sie dachte: «Wenn er nun aber doch völlig verrückt ist? Ich hätte vielleicht lieber den Hutmacher besuchen sollen!»

Chapter VII: A Mad Tea-Party

Siebentes Kapitel: Eine verrückte Teegesellschaft

There was a table set out under a tree in front of the house, and the March Hare and the Hatter were having tea at it: a Dormouse was sitting between them, fast asleep, and the other two were using it as a cushion, resting their elbows on it, and talking over its head. 'Very uncomfortable for the Dormouse,' thought Alice; 'only as it's asleep, I suppose it doesn't mind.'

The table was a large one, but the three were all crowded together at one corner of it. 'No room! No room!' they cried out when they saw Alice coming. 'There's *plenty* of room!' said Alice indignantly, and she sat down in a large arm-chair at one end of the table.

'Have some wine,' the March Hare said in an encouraging tone.

Alice looked all round the table, but there was nothing on it but tea. 'I don't see any wine,' she remarked.

'There isn't any,' said the March Hare.

'Then it wasn't very civil of you to offer it,' said Alice angrily.

Unter einem Baum vor dem Haus stand ein gedeckter Tisch, und daran saßen der Märzhase und der Hutmacher und tranken Tee; zwischen den beiden hockte eine Haselmaus und schlief fest. Ihre beiden Nachbarn stützten sich mit den Ellenbogen auf sie wie auf ein Polster und unterhielten sich über ihren Kopf hinweg. «Wie unbequem für die Haselmaus!» dachte Alice. «Aber da sie schläft, macht es ihr wohl nichts aus.»

Obwohl der Tisch groß genug war, drängten sich die drei an einer Ecke zusammen. «Alles besetzt! Alles besetzt!» riefen sie, als sie Alice kommen sahen. «Da ist doch noch längst nicht alles besetzt!» sagte diese empört und setzte sich in einen großen Sessel am Tischende.

«Etwas Wein gefällig?» sagte der Märzhase in einem aufmunternden Ton.

Alice sah sich gründlich auf dem Tisch um, konnte aber nur Tee entdecken. «Ich sehe überhaupt keinen Wein», bemerkte sie.

«Es ist auch keiner da», sagte der Märzhase.

«Dann war es nicht sehr höflich, mir welchen anzubieten», sagte Alice zornig.

'It wasn't very civil of you to sit down without being invited,' said the March Hare.

'I didn't know it was *your* table,' said Alice: 'it's laid for a great many more than three.'

'Your hair wants cutting,' said the Hatter. He had been looking at Alice for some time with great curiosity, and this was his first speech.

'You should learn not to make personal remarks,' Alice said with some severity: 'it's very rude.'

The Hatter opened his eyes very wide on hearing this; but all he *said* was 'Why is a raven like a writing-desk?'

'Come, we shall have some fun now!' thought Alice. 'I'm glad they've begun asking riddles – I believe I can guess that,' she added aloud.

'Do you mean that you think you can find out the answer to it?' said the March Hare.

'Exactly so,' said Alice.

'Then you should say what you mean,' the March Hare went on.

'I do,' Alice hastily replied; 'at least – at least I mean what I say – that's the same thing, you know.'

'Not the same thing a bit!' said the Hatter. 'Why, you might just as well say that "I see what I eat" is the same thing as "I eat what I see"!'

'You might just as well say,' added the March Hare, 'that "I like what I get" is the same thing as "I get what I like"!'

'You might just as well say,' added the Dormouse, which seemed to be talking in its sleep, 'that "I breathe when I sleep" is the same thing as "I sleep when I breathe"!'

'It *is* the same thing with you,' said the Hatter, and here the conversation dropped, and the party sat silent for a minute, while Alice thought over all she could remember about ravens and writing-desks, which wasn't much.

The Hatter was the first to break the silence. 'What

«Es war auch nicht sehr höflich, sich ungebeten an unseren Tisch zu setzen», sagte der Märzhase.

«Ich konnte ja nicht wissen, daß es *euer* Tisch ist», sagte Alice. «Hier ist doch für mehr als drei Personen gedeckt.»

«Du solltest dir mal die Haare schneiden lassen», bemerkte der Hutmacher. Bisher hatte er Alice nur neugierig angestarrt, nun machte er zum erstenmal den Mund auf.

«Solche persönlichen Bemerkungen solltest du unterlassen», sagte Alice tadelnd. «Das gehört sich nicht.»

Der Hutmacher bekam große Augen, als er das hörte, aber er sagte nur: «Was haben ein Rabe und ein Schreibtisch gemeinsam?»

«Na, jetzt wird's lustig», dachte Alice. «Schön, daß sie mit Rätselfragen anfangen.» Und laut sagte sie: «Ich denke, das kriege ich heraus.»

«Heißt das, du glaubst, daß du die Antwort finden wirst?» fragte der Märzhase.

«Ganz recht», sagte Alice.

«Dann solltest du auch sagen, was du meinst», fuhr der Märzhase fort.

«Das tu ich ja», entgegnete Alice rasch. «Wenigstens ... wenigstens meine ich, was ich sage, und das ist doch dasselbe.»

«Das ist überhaupt nicht dasselbe!» sagte der Hutmacher. «Genausogut könnte man behaupten, ‹Ich sehe, was ich esse› sei dasselbe wie ‹Ich esse, was ich sehe.›»

«Genausogut könnte man behaupten», ergänzte der Märzhase, «‹Was ich krieg, das mag ich› sei dasselbe wie ‹Was ich mag, das krieg ich.›»

«Genausogut könnte man behaupten», fügte die Haselmaus hinzu, die offenbar im Schlaf sprach, «‹Wenn ich schlafe, atme ich› sei dasselbe wie ‹Wenn ich atme, schlafe ich.›»

«In deinem Fall ist es wirklich dasselbe», sagte der Hutmacher. Danach stockte die Unterhaltung, und alle saßen eine Weile stumm da, während Alice hin und her überlegte, was ihr alles zu Raben und Schreibtischen einfiele. Es war nicht viel.

Endlich brach der Hutmacher das Schweigen. «Den wie-

day of the month is it?' he said, turning to Alice: he had taken his watch out of his pocket, and was looking at it uneasily, shaking it every now and then, and holding it to his ear.

Alice considered a little, and then said 'The fourth.'

'Two days wrong!' sighed the Hatter. 'I told you butter wouldn't suit the works!' he added, looking angrily at the March Hare.

'It was the *best* butter,' the March Hare meekly replied.

'Yes, but some crumbs must have got in as well,' the Hatter grumbled: 'you shouldn't have put it in with the breadknife.'

The March Hare took the watch and looked at it gloomily: then he dipped it into his cup of tea, and looked at it again: but he could think of nothing better to say than his first remark. 'It was the *best* butter, you know.'

Alice had been looking over his shoulder with some curiosity. 'What a funny watch!' she remarked. 'It tells the day of the month, and doesn't tell what o'clock it is!'

'Why should it?' muttered the Hatter. 'Does *your* watch tell you what year it is?'

'Of course not,' Alice replied very readily: 'but that's because it stays the same year for such a long time together.'

'Which is just the case with *mine*,' said the Hatter.

Alice felt dreadfully puzzled. The Hatter's remark seemed to her to have no sort of meaning in it, and yet it was certainly English. 'I don't quite understand you,' she said, as politely as she could.

'The Dormouse is asleep again,' said the Hatter, and he poured a little hot tea upon its nose.

The Dormouse shook its head impatiently, and said, without opening its eyes, 'Of course, of course: just what I was going to remark myself.'

'Have you guessed the riddle yet?' the Hatter said, turning to Alice again.

vielten haben wir heute?» fragte er Alice, und dabei zog er eine Uhr aus der Tasche, sah sie verdrossen an, schüttelte sie ein paarmal und hielt sie sich ans Ohr.

Alice dachte kurz nach und sagte dann: «Den vierten.»

«Zwei Tage geht sie nach!» seufzte der Hutmacher. «Ich habe ja gleich gesagt, daß Butter dem Uhrwerk nicht bekommt», fügte er mit einem bösen Blick auf den Märzhasen hinzu.

«Dabei war es allerfeinste Tafelbutter», erwiderte der Märzhase kleinlaut.

«Mag sein, aber es sind wohl auch Krümel hineingeraten», murrte der Hutmacher. «Warum mußtest du nur das Brotmesser dazu benutzen!»

Der Märzhase nahm sich die Uhr und sah sie mißmutig an. Dann tunkte er sie in seinen Tee und betrachtete sie nochmals, aber etwas Besseres als seine vorige Bemerkung fiel ihm auch jetzt nicht ein: «Es war doch allerfeinste Tafelbutter.»

Alice hatte ihm neugierig über die Schulter gesehen. «Was für eine komische Uhr!» rief sie aus. «Die zeigt ja nur Tage an und keine Stunden!»

«Wozu auch?» brummte der Hutmacher. «Zeigt deine Uhr vielleicht die Jahre an?»

«Selbstverständlich nicht», entgegnete Alice schlagfertig. «Aber das kommt daher, daß wir so lange ein und dasselbe Jahr haben.»

«Genauso ist es auch mit meiner», sagte der Hutmacher.

Alice war ratlos. Diese Bemerkung des Hutmachers kam ihr ganz unsinnig vor, obwohl er doch englisch gesprochen hatte. «Ich verstehe nicht ganz», sagte sie, so höflich sie konnte.

«Die Haselmaus schläft schon wieder», sagte der Hutmacher und goß ihr etwas heißen Tee über die Nase.

Die Haselmaus schüttelte unwillig den Kopf und sagte, ohne dabei die Augen zu öffnen: «Gewiß, gewiß. Das wollte ich auch gerade sagen.»

«Hast du das Rätsel inzwischen gelöst?» fragte der Hutmacher, wieder zu Alice gewandt.

'No, I give it up,' Alice replied. 'What's the answer?'

'I haven't the slightest idea,' said the Hatter.

'Nor I,' said the March Hare.

Alice sighed wearily. 'I think you might do something better with the time,' she said, 'than wasting it in asking riddles that have no answers.'

'If you knew Time as well as I do,' said the Hatter, 'you wouldn't talk about wasting *it*. It's *him*.'

'I don't know what you mean,' said Alice.

'Of course you don't!' the Hatter said, tossing his head contemptuously. 'I dare say you never even spoke to Time!'

'Perhaps not,' Alice cautiously replied; 'but I know I have to beat time when I learn music.'

'Ah! That accounts for it,' said the Hatter. 'He wo'n't stand beating. Now, if you only kept on good terms with him, he'd do almost anything you liked with the clock. For instance, suppose it were nine o'clock in the morning, just time to begin lessons: you'd only have to whisper a hint to Time, and round goes the clock in a twinkling! Half-past one, time for dinner!'

('I only wish it was,' the March Hare said to itself in a whisper.)

'That would be grand, certainly,' said Alice thoughtfully; 'but then – I shouldn't be hungry for it, you know.'

'Not at first, perhaps,' said the Hatter: 'but you could keep it to half-past one as long as you liked.'

'Is that the way *you* manage?' Alice asked.

The Hatter shook his head mournfully. 'Not I!' he replied. 'We quarreled last March – just before *he* went mad, you know –' (pointing with his teaspoon at the March Hare,) '– it was at the great concert given by the Queen of Hearts, and I had to sing

"Twinkle, twinkle, little bat!
How I wonder what you're at!"

«Nein, ich gebe auf», sagte Alice. «Was ist die Lösung?»

«Ich habe keine Ahnung», sagte der Hutmacher.

«Ich auch nicht», sagte der Märzhase.

Alice seufzte. «Ich finde, ihr könntet mit eurer Zeit etwas Besseres anfangen, als sie auf Rätsel zu verschwenden, für die es keine Lösung gibt.»

«Wenn du über Zeit so viel wüßtest wie ich», sagte der Hutmacher, «würdest du nicht sagen, daß wir ‹sie› verschwenden. Es muß ‹ihn› heißen.»

«Das verstehe ich nicht», sagte Alice.

«Natürlich nicht!» sagte der Hutmacher und warf hochmütig den Kopf zurück. «Wahrscheinlich hast du auch noch nie mit Zeit ein Gespräch geführt.»

«Mag sein», erwiderte Alice vorsichtig. «Aber wenn ich Klavierspielen übe, benutze ich einen Zeitmesser.»

«Siehst du, da haben wir's!» rief der Hutmacher. «Mit Messern darf man ihm nicht kommen. Aber wenn du dich gut mit ihm stellst, macht er für dich mit der Uhr so gut wie alles, was du willst. Stell dir zum Beispiel einmal vor, es ist neun Uhr früh, und gleich beginnt die Schule: Dann brauchst du nur Zeit etwas ins Ohr zu flüstern, und die Uhrzeiger drehen sich, und im Nu ist es halb zwei – Zeit fürs Mittagessen!»

«Wenn's doch schon so weit wäre!» flüsterte der Märzhase vor sich hin.

«Das wäre wahrhaftig fein», sagte Alice nachdenklich, «aber – dann hätte ich doch noch gar keinen Hunger!»

«Zuerst vielleicht nicht», sagte der Hutmacher, «aber du könntest es ja so lange halb zwei sein lassen wie du willst.»

«So machst du es wohl?» fragte Alice.

Der Hutmacher schüttelte traurig den Kopf. «Ach nein!» erwiderte er. «Wir hatten letzten März einen Streit – kurz bevor der da» (und er zeigte mit dem Teelöffel auf den Märzhasen) «verrückt wurde. Da gab nämlich die Herzkönigin ein Festkonzert, und ich mußte das Lied vortragen:

Husch, husch, kleine Fledermaus,
Warum fliegst du denn so kraus?

You know the song, perhaps?'

'I've heard something like it,' said Alice.

'It goes on, you know,' the Hatter continued, 'in this way:

> "Up above the world you fly,
> Like a tea-tray in the sky.
> Twinkle, twinkle —"'

Here the Dormouse shook itself, and began singing in its sleep 'Twinkle, twinkle, twinkle, twinkle —' and went on so long that they had to pinch it to make it stop.

'Well, I'd hardly finished the first verse,' said the Hatter, 'when the Queen bawled out "He's murdering the time! Off with his head!"'

'How dreadfully savage!' exclaimed Alice.

'And ever since that,' the Hatter went on in a mournful tone, 'he wo'n't do a thing I ask! It's always six o'clock now.'

A bright idea came into Alice's head. 'Is that the reason so many tea-things are put out here?' she asked.

'Yes, that's it,' said the Hatter with a sigh: 'it's always tea-time, and we've no time to wash the things between whiles.'

'Then you keep moving round, I suppose?' said Alice.

'Exactly so,' said the Hatter: 'as the things get used up.'

'But what happens when you come to the beginning again?' Alice ventured to ask.

'Suppose we change the subject,' the March Hare interrupted, yawning. 'I'm getting tired of this. I vote the young lady tells us a story.'

'I'm afraid I don't know one,' said Alice, rather alarmed at the proposal.

'Then the Dormouse shall!' they both cried. 'Wake

Kennst du es vielleicht?»

«Es kommt mir bekannt vor», sagte Alice.

«Es geht, wie du weißt», fuhr der Hutmacher fort, «so weiter:

> Kommst in einem hohen Bogen
> Wie ein Teetablett geflogen.
> Husch, husch...»

Bei diesen Worten rührte sich die Haselmaus und begann im Schlaf zu singen: «Husch, husch, husch, husch...» und immer so weiter, bis die anderen sie zwickten, damit sie aufhörte.

«Tja, und ich war noch kaum mit der ersten Strophe fertig», sagte der Hutmacher, «da brüllte die Königin schon: ‹Er schlägt ja nur Zeit tot! Runter mit seinem Kopf!›»

«Wie schrecklich grausam!» rief Alice aus.

«Und seither», sagte der Hutmacher traurig, «erfüllt er mir keine einzige Bitte mehr! Es ist jetzt immerzu sechs Uhr.»

Nun hatte Alice eine Erleuchtung. «Ist das der Grund, weshalb ihr hier so viel Teegeschirr gedeckt habt?» erkundigte sie sich.

«Ganz recht», sagte der Hutmacher und seufzte. «Immerzu ist Zeit zum Teetrinken, und zum Abspülen kommen wir nie.»

«Dann rückt ihr sicherlich von einem Gedeck zum nächsten?» fragte Alice.

«So ist es», sagte der Hutmacher. «Und das benutzte lassen wir stehen.»

«Aber was geschieht, wenn ihr wieder zum ersten zurückkommt?» fragte Alice beherzt weiter.

«Laß uns von etwas anderem reden», unterbrach sie der Märzhase und gähnte. «Das ist doch langweilig. Ich schlage vor, die junge Dame erzählt uns eine Geschichte.»

«Ich weiß aber leider keine», sagte Alice, erschrocken über diesen Vorschlag.

«Dann muß die Haselmaus erzählen!» riefen die beiden

up, Dormouse!' And they pinched it on both sides at once.

The Dormouse slowly opened its eyes. 'I wasn't asleep,' it said in a hoarse, feeble voice, 'I heard every word you fellows were saying.'

'Tell us a story!' said the March Hare.

'Yes, please do!' pleaded Alice.

'And be quick about it,' added the Hatter, 'or you'll be asleep again before it's done.'

'Once upon a time there were three little sisters,' the Dormouse began in a great hurry; 'and their names were Elsie, Lacie, and Tillie; and they lived at the bottom of a well –'

'What did they live on?' said Alice, who always took a great interest in questions of eating and drinking.

'They lived on treacle,' said the Dormouse, after thinking a minute or two.

'They couldn't have done that, you know,' Alice gently remarked. 'They'd have been ill.'

'So they were,' said the Dormouse; '*very* ill.'

Alice tried a little to fancy to herself what such an extraordinary way of living would be like, but it puzzled her too much: so she went on: 'But why did they live at the bottom of a well?'

'Take some more tea,' the March Hare said to Alice, very earnestly.

'I've had nothing yet,' Alice replied in an offended tone: 'so I ca'n't take more.'

'You mean you ca'n't take *less*,' said the Hatter: 'it's very easy to take *more* than nothing.'

'Nobody asked *your* opinion,' said Alice.

'Who's making personal remarks now?' the Hatter asked triumphantly.

Alice did not quite know what to say to this; so she helped herself to some tea and bread-and-butter, and then turned to the Dormouse, and repeated her question. 'Why did they live at the bottom of a well?'

anderen. «Wach auf, Haselmaus!» Und sie pieksten sie von beiden Seiten zugleich.

Langsam öffnete die Haselmaus die Augen. «Ich habe gar nicht geschlafen», behauptete sie mit schwacher, belegter Stimme. «Ich habe alles gehört, was ihr gesagt habt.»

«Erzähl uns eine Geschichte!» sagte der Märzhase.

«O ja, bitte!» bat Alice.

«Aber gleich», setzte der Hutmacher hinzu, «sonst schläfst du wieder ein, bevor du damit zu Ende bist.»

«Es waren einmal drei kleine Schwestern», begann die Haselmaus mit großer Hast, «die hießen Elsie, Lacie und Tillie, und sie lebten in einer Mühle...»

«Und wovon haben sie sich ernährt?» fragte Alice, der alles, was mit Essen und Trinken zusammenhing, sehr wichtig war.

«Sie ernährten sich von Sirup», erklärte die Haselmaus, nachdem sie eine Zeitlang nachgedacht hatte.

«Aber das ist doch nicht möglich», wandte Alice vorsichtig ein. «Da wäre es ihnen ja schlecht geworden.»

«Wurde es auch», sagte die Haselmaus. «*Sehr* schlecht!»

Alice versuchte sich diese eigenartigen Lebensgewohnheiten genauer vorzustellen, fand das aber zu schwierig und fragte deshalb weiter: «Und warum lebten sie in einer Mühle?»

«Nimmst du noch etwas Tee?» fragte der Märzhase Alice mit ernster Miene.

«Ich habe ja noch gar nichts bekommen», erwiderte Alice gekränkt, «also kann ich nicht noch etwas nehmen.»

«Du meinst, du kannst nicht noch weniger nehmen», sagte der Hutmacher. «Mehr als nichts zu nehmen, ist ja kinderleicht.»

«Dich hat niemand gefragt», sagte Alice.

«Jetzt machst du aber persönliche Bemerkungen!» gab der Hutmacher auftrumpfend zurück.

Da Alice nicht recht wußte, was sie darauf sagen sollte, nahm sie sich Tee und ein Butterbrot und wiederholte dann, zur Haselmaus gewandt, ihre Frage: «Warum lebten sie denn in einer Mühle?»

The Dormouse again took a minute or two to think about it, and then said 'It was a treacle-well.'

'There's no such thing!' Alice was beginning very angrily, but the Hatter and the March Hare went 'Sh! Sh!' and the Dormouse sulkily remarked 'If you ca'n't be civil, you'd better finish the story for yourself.'

'No, please go on!' Alice said very humbly. 'I wo'n't interrupt you again. I dare say there may be *one*.'

'One, indeed!' said the Dormouse indignantly. However, he consented to go on. 'And so these three little sisters – they were learning to draw, you know –'

'What did they draw?' said Alice, quite forgetting her promise.

'Treacle,' said the Dormouse, without considering at all, this time.

'I want a clean cup,' interrupted the Hatter: 'let's all move one place on.'

He moved on as he spoke, and the Dormouse followed him: the March Hare moved into the Dormouse's place, and Alice rather unwillingly took the place of the March Hare. The Hatter was the only one who got any advantage from the change; and Alice was a good deal worse off than before, as the March Hare had just upset the milk-jug into his plate.

Alice did not wish to offend the Dormouse again, so she began very cautiously: 'But I don't understand. Where did they draw the treacle from?'

'You can draw water out of a water-well,' said the Hatter; 'so I should think you could draw treacle out of a treacle-well – eh, stupid?'

'But they were *in* the well,' Alice said to the Dormouse, not choosing to notice this last remark.

'Of course they were,' said the Dormouse: 'well in.'

This answer so confused poor Alice, that she let the Dormouse go on for some time without interrupting it.

Darüber mußte die Haselmaus wieder eine Weile nachdenken. Schließlich sagte sie: «Es war eine Sirup-Mühle.»

«So was gibt's doch gar nicht!» begann Alice aufgebracht, aber Hutmacher und Märzhase machten «Pst! Pst!», und die Haselmaus sagte verdrießlich: «Wenn du alles besser weißt, kannst du ja die Geschichte zu Ende erzählen.»

«Nein, bitte, mach weiter!» bat Alice bescheiden. «Ich will dich auch nicht mehr unterbrechen. Es ist ja möglich, daß es eine gibt.»

«Nur eine?» fuhr die Haselmaus auf, war dann aber doch bereit weiterzuerzählen. «Also, diese drei kleinen Schwestern ... sie lernten nämlich das Mahlen...»

«Was denn zu malen?» fragte Alice, die ihr Versprechen schon wieder vergessen hatte.

«Sirup», sagte die Haselmaus, ohne sich diesmal lange zu besinnen.

«Ich möchte eine saubere Tasse haben», unterbrach sie der Hutmacher. «Laßt uns einen Platz weiterrücken.»

Dabei rutschte er auch schon auf den nächsten Platz, und die Haselmaus folgte ihm, so daß der Märzhase an die Stelle der Haselmaus und Alice ziemlich widerwillig an die des Märzhasen rückte. Der Hutmacher war der einzige, der von diesem Platzwechsel einen Vorteil hatte, während Alice dabei schlecht wegkam, denn der Märzhase hatte gerade das Milchkännchen über seinen Teller gekippt.

Da Alice die Haselmaus nicht schon wieder kränken wollte, begann sie sehr behutsam: «Ich verstehe nicht ganz. Wie haben sie denn den Sirup malen können?»

«Wenn man in einer Getreidemühle Getreide mahlen kann», sagte der Hutmacher, «dann kann man auch in einer Sirupmühle Sirup mahlen. Stimmt's, du Dummkopf?»

«Aber lebten sie denn nicht in der Mühle?» fragte Alice die Haselmaus und tat so, als hätte sie die Bemerkung des Hutmachers überhört.

«Natürlich», sagte die Haselmaus. «Sie klebten darin.»

Diese Antwort brachte unsere arme Alice so durcheinander, daß sie die Haselmaus eine ganze Weile nicht mehr unterbrach.

'They were learning to draw,' the Dormouse went on, yawning and rubbing its eyes, for it was getting very sleepy; 'and they drew all manner of things – everything that begins with an M –'

'Why with an M?' said Alice.

'Why not?' said the March Hare.

Alice was silent.

The Dormouse had closed its eyes by this time, and was going off into a doze; but, on being pinched by the Hatter, it woke up again with a little shriek, and went on: '– that begins with an M, such as mouse-traps, and the moon, and memory, and muchness – you know you say things are "much of a muchness" – did you ever see such a thing as a drawing of a muchness!'

'Really, now you ask me,' said Alice, very much confused, 'I don't think –'

'Then you shouldn't talk,' said the Hatter.

This piece of rudeness was more than Alice could bear: she got up in great disgust, and walked off: the Dormouse fell asleep instantly, and neither of the others took the least notice of her going, though she looked back once or twice, half hoping that they would call after her: the last time she saw them, they were trying to put the Dormouse into the teapot.

'At any rate I'll never go *there* again!' said Alice, as she picked her way through the wood. 'It's the stupidest tea-party I ever was at in all my life!'

Just as she said this, she noticed that one of the trees had a door leading right into it. 'That's very curious!' she thought. 'But everything's curious to-day. I think I may as well go in at once.' And in she went.

Once more she found herself in the long hall, and close to the little glass table. 'Now, I'll manage better this time,' she said to herself, and began by taking the little golden key, and unlocking the door that led into the garden. Then she set to work nibbling at

«Sie lernten also zu malen», fuhr die Haselmaus fort, indem sie gähnte und sich die Augen rieb, denn sie wurde allmählich sehr schläfrig, «und sie malten so allerhand ... alles, was mit einem G anfängt...»

«Warum mit einem G?» fragte Alice.

«Warum nicht?» fragte der Märzhase.

Alice schwieg.

Die Haselmaus hatte inzwischen die Augen geschlossen und war eingenickt, aber als der Hutmacher sie zwickte, wachte sie mit einem leisen Quietschen wieder auf und fuhr fort: «... was mit einem G anfängt, zum Beispiel eine Gurke und die Gestirne und das Gedächtnis und des Guten. – man sagt doch, etwas sei ‹zuviel des Guten› – hast du schon mal ein Gemälde des Guten gesehen?»

«Also jetzt, wo du mich fragst», sagte Alice ganz verwirrt, «glaube ich nicht...»

«Dann solltest du lieber den Mund halten», sagte der Hutmacher.

So eine Grobheit mochte sich Alice nicht bieten lassen. Empört stand sie auf und ging. Die Haselmaus schlief auf der Stelle ein, und die beiden andern schienen ihr Weggehen gar nicht zu bemerken, obwohl sie sich mehrmals umdrehte in der leisen Hoffnung, man werde sie zurückrufen. Zuletzt sah sie noch, wie sie zu zweit versuchten, die Haselmaus in die Teekanne zu tunken.

«Dahin gehe ich bestimmt nicht noch einmal!» sagte Alice, während sie sich einen Weg durch den Wald suchte. «Das war die dümmste Teegesellschaft, die ich je erlebt habe!»

In diesem Augenblick bemerkte sie einen Baum, in den eine kleine Tür hineinführte. «Das ist aber seltsam!» dachte sie. «Aber heute ist ja alles seltsam. Am besten gehe ich gleich hinein.» Und das tat sie dann auch.

Wieder stand sie in dem großen Saal in der Nähe des gläsernen Tischchens. «Diesmal werde ich's gescheiter anfangen», sagte sie sich, nahm als erstes das goldene Schlüsselchen vom Tisch und schloß damit die Tür auf, die in den Garten hinausführte. Dann knabberte sie an dem Pilzstück-

the mushroom (she had kept a piece of it in her pocket) till she was about a foot high: then she walked down the little passage: and *then* – she found herself at last in the beautiful garden, among the bright flower-beds and the cool fountains.

chen (denn sie hatte eins in ihrer Tasche aufbewahrt), bis sie nur noch ungefähr einen Fuß groß war, ging darauf den niedrigen Gang entlang, und dann – stand sie endlich in dem wunderschönen Garten mit seinen bunten Blumenbeeten und erfrischenden Springbrunnen.

Chapter VIII: The Queen's Croquet-Ground

Achtes Kapitel: Der Krocketplatz der Königin

A large rose-tree stood near the entrance of the garden: the roses growing on it were white, but there were three gardeners at it, busily painting them red. Alice thought this a very curious thing, and she went nearer to watch them, and, just as she came up to them, she heard one of them say 'Look out now, Five! Don't go splashing paint over me like that!'

'I couldn't help it,' said Five, in a sulky tone. 'Seven jogged my elbow.'

On which Seven looked up and said 'That's right, Five! Always lay the blame on others!'

'*You'd* better not talk!' said Five. 'I heard the Queen say only yesterday you deserved to be beheaded.'

'What for?' said the one who had spoken first.

'That's none of *your* business, Two!' said Seven.

'Yes, it *is* his business!' said Five. 'And I'll tell him
116 – it was for bringing the cook tulip-roots instead of
117 onions!'

Gleich am Eingang des Gartens stand ein hohes Rosenbäumchen, das weiße Rosen trug, aber drei Gärtner waren eifrig
damit beschäftigt, sie rot anzumalen. Alice kam das sehr
merkwürdig vor, und als sie nähertrat, um ihnen zuzusehen,
hörte sie einen von ihnen rufen: «Paß doch auf, Fünf, und
spritz mich nicht so mit Farbe voll!»

«Ich kann nichts dafür», sagte Fünf mürrisch. «Sieben ist
an meinen Ellenbogen gestoßen.»

Da schaute Sieben auf und sagte: «So ist's recht, Fünf,
schieb nur immer alles auf andere!»

«Sei du lieber ganz still!» sagte Fünf. «Erst gestern habe
ich gehört, wie die Königin sagte, dir sollte man eigentlich
den Kopf abschlagen.»

«Aus welchem Grund denn?» fragte der, der zuerst gesprochen hatte.

«Das geht dich gar nichts an, Zwei!» sagte Sieben.

«Doch geht es ihn was an!» sagte Fünf. «Und ich werd's
ihm sagen: weil du dem Koch Tulpenzwiebeln gebracht hast
statt richtiger Zwiebeln.»

Seven flung down his brush, and had just begun 'Well, of all the unjust things –' when his eye chanced to fall upon Alice, as she stood watching them, and he checked himself suddenly: the others looked round also, and all of them bowed low.

'Would you tell me, please,' said Alice, a little timidly, 'why you are painting those roses?'

Five and Seven said nothing, but looked at Two. Two began, in a low voice, 'Why, the fact is, you see, Miss, this here ought to have been a *red* rose-tree, and we put a white one in by mistake; and, if the Queen was to find it out, we should all have our heads cut off, you know. So you see, Miss, we're doing our best, afore she comes, to –' At this moment, Five, who had been anxiously looking across the garden, called out 'The Queen! The Queen!', and the three gardeners instantly threw themselves flat upon their faces. There was a sound of many footsteps, and Alice looked round, eager to see the Queen.

First came ten soldiers carrying clubs: these were all shaped like the three gardeners, oblong and flat, with their hands and feet at the corners: next the ten courtiers: these were ornamented all over with diamonds, and walked two and two, as the soldiers did. After these came the royal children: there were ten of them, and the little dears came jumping merrily along, hand in hand, in couples: they were all ornamented with hearts. Next came the guests, mostly Kings and Queens, and among them Alice recognised the White Rabbit: it was talking in a hurried nervous manner, smiling at everything that was said, and went by without noticing her. Then followed the Knave of Hearts, carrying the King's crown on a crimson velvet cushion; and, last of all this grand procession, came THE KING AND THE QUEEN OF HEARTS.

Alice was rather doubtful whether she ought not to lie down on her face like the three gardeners, but she could not remember ever having heard of such a rule

Sieben warf seinen Pinsel hin und fing gerade an: «So eine Verleumdung...», da fiel sein Blick auf die in der Nähe stehende Alice, und er verstummte plötzlich. Dann sahen sich auch die andern um, und alle machten sie eine tiefe Verbeugung.

«Könnten Sie mir bitte erklären», sagte Alice etwas befangen, «warum Sie diese Rosen anmalen?»

Fünf und Sieben blieben stumm und sahen auf Zwei. Da sagte Zwei mit leiser Stimme: «Tja, die Sache ist so, Fräulein: Hier sollte eigentlich ein roter Rosenstock stehen, aber aus Versehen haben wir einen weißen gepflanzt. Wenn die Königin dahinterkäme, würde sie uns alle köpfen lassen, verstehen Sie? Und deshalb, Fräulein, tun wir unser möglichstes, bevor sie kommt, damit...» In diesem Augenblick rief Fünf, der schon die ganze Zeit ängstlich umhergeblickt hatte: «Die Königin! Die Königin!», und sogleich warfen sich die drei Gärtner flach auf die Erde. Man hörte eine Menschenmenge herannahen, und Alice, die auf die Königin schon sehr gespannt war, drehte sich um.

Vorneweg kamen zehn Soldaten mit geschulterten Piken. Wie die drei Gärtner hatten sie alle die Gestalt flacher Rechtecke, an deren Ecken die Hände und Füße saßen. Darauf folgten zehn Höflinge, die über und über mit Karos geschmückt waren und wie die Soldaten paarweise kamen. Sie wurden gefolgt von den Prinzen und Prinzessinnen, ebenfalls zehn. Sie hielten sich zu zwei und zwei an den Händen und kamen vergnügt angesprungen. Die lieben Kleinen trugen Herzen als Schmuck. Danach kamen die Gäste, meist Könige und Königinnen, und mitten unter ihnen entdeckte Alice das Weiße Kaninchen, das sich hastig und aufgeregt unterhielt und zu allem, was geredet wurde, lächelte. Ohne Alice zu bemerken, ging es an ihr vorbei. Dann folgte der Herzbube, der die Königskrone auf einem roten Samtkissen vor sich hertrug; und schließlich, zum Abschluß des prächtigen Zuges, kamen der Herzkönig und die Herzkönigin.

Alice wußte nicht recht, ob sie sich wie die drei Gärtner zu Boden werfen sollte; aber sie konnte sich nicht erinnern, jemals von einer solchen Vorschrift bei Festzügen gehört zu

at processions; 'and besides, what would be the use of a procession,' thought she, 'if people had all to lie down on their faces, so that they couldn't see it?' So she stood where she was, and waited.

When the procession came opposite to Alice, they all stopped and looked at her, and the Queen said, severely, 'Who is this?' She said it to the Knave of Hearts, who only bowed and smiled in reply.

'Idiot!' said the Queen, tossing her head impatiently; and, turning to Alice, she went on: 'What's your name, child?'

'My name is Alice, so please your Majesty,' said Alice very politely; but she added, to herself, 'Why, they're only a pack of cards, after all. I needn't be afraid of them!'

'And who are *these*?' said the Queen, pointing to the three gardeners who were lying round the rose-tree; for, you see, as they were lying on their faces, and the pattern on their backs was the same as the rest of the pack, she could not tell whether they were gardeners, or soldiers, or courtiers, or three of her own children.

'How should *I* know?' said Alice, surprised at her own courage. 'It's no business of *mine*.'

The Queen turned crimson with fury, and, after glaring at her for a moment like a wild beast, began screaming 'Off with her head! Off with –'

'Nonsense!' said Alice, very loudly and decidedly, and the Queen was silent.

The King laid his hand upon her arm, and timidly said 'Consider, my dear: she is only a child!'

The Queen turned angrily away from him, and said to the Knave 'Turn them over!'

The Knave did so, very carefully, with one foot.

'Get up!' said the Queen in a shrill, loud voice, and the three gardeners instantly jumped up, and began bowing to the King, the Queen, the royal children, and everybody else.

haben. «Und was hätte ein Festzug auch für einen Sinn», dachte sie, «wenn sich alle Zuschauer aufs Gesicht legen müßten und gar nichts sehen könnten?» Also blieb sie stehen und wartete ab.

Als der Zug bei Alice anlangte, blieben alle stehen und sahen sie an. «Wer ist das?» fragte die Königin streng und wandte sich an den Herzbuben, der aber nur mit einer Verbeugung und einem Lächeln antwortete.

«Schwachkopf!» sagte die Königin und warf unwillig den Kopf zurück. Dann wandte sie sich Alice zu und fragte: «Wie heißt du, mein Kind?»

«Mein Name ist Alice, mit Verlaub, Majestät», sagte Alice sehr artig, aber in Gedanken fügte sie hinzu: «Sie sind doch alle nur Spielkarten. Vor denen brauche ich keine Angst zu haben.»

«Und wer sind diese da?» fragte die Königin und deutete auf die drei Gärtner, die noch immer rund um das Rosenbäumchen lagen. Ihr müßt euch vorstellen, daß sie auf dem Gesicht lagen, und da das Muster auf ihrem Rücken dasselbe war wie bei den übrigen Karten, konnte sie nicht unterscheiden, ob es Gärtner, Soldaten, Höflinge oder drei ihrer eigenen Kinder waren.

«Woher soll ich das wissen?» sagte Alice, von ihrem eigenen Mut überrascht. «Das geht mich doch nichts an.»

Die Königin wurde purpurrot vor Zorn. Zuerst starrte sie wie ein wildes Tier auf Alice, und dann schrie sie: «Runter mit ihrem Kopf! Runter...»

«Unsinn!» sagte Alice laut und bestimmt, und die Königin verstummte.

Der König legte ihr die Hand auf den Arm und sagte zaghaft: «Bedenke, meine Liebe, sie ist noch ein Kind!»

Aber die Königin wandte sich wütend von ihm ab und sagte zu dem Herzbuben: «Dreh sie herum!»

Das tat er dann, sehr vorsichtig, mit dem Fuß.

«Aufstehen!» rief die Königin mit schneidender Stimme, und sofort sprangen die drei Gärtner auf und verbeugten sich der Reihe nach vor dem König, der Königin, den Prinzen und Prinzessinnen und allen übrigen.

'Leave off that!' screamed the Queen. 'You make me giddy.' And then, turning to the rose-tree, she went on 'What *have* you been doing here?'

'May it please your Majesty,' said Two, in a very humble tone, going down on one knee as he spoke, 'we were trying –'

'*I* see!' said the Queen, who had meanwhile been examining the roses. 'Off with their heads!' and the procession moved on, three of the soldiers remaining behind to execute the unfortunate gardeners, who ran to Alice for protection.

'You sha'n't be beheaded!' said Alice, and she put them into a large flower-pot that stood near. The three soldiers wandered about for a minute or two, looking for them, and then quietly marched off after the others.

'Are their heads off?' shouted the Queen.

'Their heads are gone, if it please your Majesty!' the soldiers shouted in reply.

'That's right!' shouted the Queen. 'Can you play croquet?'

The soldiers were silent, and looked at Alice, as the question was evidently meant for her.

'Yes!' shouted Alice.

'Come on, then!' roared the Queen, and Alice join-ed the procession, wondering very much what would happen next.

'It's – it's a very fine day!' said a timid voice at her side. She was walking by the White Rabbit, who was peeping anxiously into her face.

'Very,' said Alice. 'Where's the Duchess?'

'Hush! Hush!' said the Rabbit in a low hurried tone. He looked anxiously over his shoulder as he spoke, and then raised himself upon tiptoe, put his mouth close to her ear, and whispered 'She's under sentence of execution.'

122 'What for?' said Alice.

123 'Did you say "What a pity!"?' the Rabbit asked.

«Laßt das!» schrie die Königin. «Ihr macht mich ganz schwindlig.» Dann deutete sie auf den Rosenstock und fragte: «Was habt ihr denn hier gemacht?»

«Mit gütigster Erlaubnis, Majestät», sagte Zwei unterwürfig und ließ sich dabei auf ein Knie nieder, «wir wollten doch nur...»

«Ich sehe schon!» sagte die Königin, die inzwischen die Rosen näher betrachtet hatte. «Runter mit ihren Köpfen!» Und damit setzte sich der Zug wieder in Bewegung. Nur drei Soldaten blieben zurück, um die unglücklichen Gärtner, die nun bei Alice Schutz suchten, hinzurichten.

«Ihr sollt nicht geköpft werden», sagte Alice und steckte sie in einen großen Blumentopf, der in der Nähe stand. Die drei Soldaten liefen eine oder zwei Minuten herum und suchten sie, aber dann marschierten sie ruhig hinter den anderen her.

«Sind ihre Köpfe ab?» schrie die Königin.

«Ihre Köpfe sind fort, mit Verlaub, Majestät», antworteten die Soldaten im Chor.

«Gut so!» schrie die Königin. «Kannst du Krocket spielen?»

Die Soldaten schwiegen und blickten auf Alice, da die Frage offenbar ihr galt.

«Ja!» schrie Alice.

«Also vorwärts!» brüllte die Königin, und Alice schloß sich dem Zug an, gespannt, was als nächstes geschehen werde.

«Ein ... ein schöner Tag heute», ließ sich eine schüchterne Stimme neben ihr vernehmen. An ihrer Seite lief das Weiße Kaninchen und beobachtete ängstlich ihr Gesicht.

«Ja, sehr schön», sagte Alice. «Wo ist denn die Herzogin?»

«Pst! Leise!» flüsterte das Kaninchen rasch und sah sich ängstlich nach allen Seiten um. Dann stellte es sich auf die Zehenspitzen und raunte ihr ins Ohr: «Man hat sie zum Tode verurteilt.»

«Weshalb denn?» fragte Alice.

«Sagtest du ‹Wie schade›?» fragte das Kaninchen.

'No, I didn't,' said Alice. 'I don't think it's at all a pity. I said "What for?"'

'She boxed the Queen's ears –' the Rabbit began. Alice gave a little scream of laughter. 'Oh, hush!' the Rabbit whispered in a frightened tone. 'The Queen will hear you! You see she came rather late, and the Queen said –'

'Get to your places!' shouted the Queen in a voice of thunder, and people began running about in all directions, tumbling up against each other: however, they got settled down in a minute or two, and the game began.

Alice thought she had never seen such a curious croquet ground in her life: it was all ridges and furrows: the croquet balls were live hedgehogs, and the mallets live flamingoes, and the soldiers had to double themselves up and stand on their hands and feet, to make the arches.

The chief difficulty Alice found at first was in managing her flamingo: she succeeded in getting its body tucked away, comfortably enough, under her arm, with its legs hanging down, but generally, just as she had got its neck nicely straightened out, and was going to give the hedgehog a blow with its head, it *would* twist itself round and look up in her face, with such a puzzled expression that she could not help bursting out laughing; and, when she had got its head down, and was going to begin again, it was very provoking to find that the hedgehog had unrolled itself, and was in the act of crawling away; besides all this, there was generally a ridge or a furrow in the way wherever she wanted to send the hedgehog to, and, as the doubled-up soldiers were always getting up and walking off to other parts of the ground, Alice soon came to the conclusion that it was a very difficult game indeed.

The players all played at once, without waiting for turns, quarreling all the while, and fighting for the hedgehogs; and in a very short time the Queen was in

«Nein», sagte Alice, «ich finde das gar nicht schade. Ich frage nur ‹Weshalb denn?›»

«Sie hat der Königin eine Ohrfeige gegeben...» fing das Kaninchen an. Alice mußte hell auflachen. «Still doch!» flüsterte das Kaninchen erschrocken. «Wenn dich die Königin hört! Sie kam nämlich zu spät, weißt du, und da sagte die Königin...»

«Auf eure Plätze!» kommandierte die Königin mit Donnerstimme, und alle liefen auseinander, hierhin und dorthin, und rannten sich gegenseitig um. Nach einer Weile hatten sie sich aber ordentlich aufgestellt, und das Spiel konnte beginnen.

Einen so sonderbaren Krocketplatz, dachte Alice, hatte sie in ihrem ganzen Leben noch nicht gesehen: Er war voller Rinnen und Furchen; als Bälle dienten zusammengerollte Igel; die Schläger waren Flamingos; und die Soldaten mußten sich zu einem Bogen krümmen und, auf Händen und Füßen stehend, die Tore abgeben.

Am schwierigsten fand es Alice, mit ihrem Flamingo zurechtzukommen. Es gelang ihr zwar ganz gut, seinen Körper unter den Arm zu klemmen, wobei sie seine Beine herabhängen ließ; aber jedesmal, wenn sie seinen Hals schön gerade gebogen hatte und ausholte, um mit dem Kopf des Flamingos einen Igel zu schlagen, da drehte er sich um und sah sie von unten herauf so verwundert an, daß sie laut lachen mußte. Und wenn sie dann seinen Kopf heruntergebogen hatte, um wieder von vorne anzufangen, hatte sich inzwischen der Igel aufgerollt und wollte sich davonstehlen, was sie sehr erboste.

Außerdem war ausgerechnet da, wo der Igel hinrollen sollte, stets eine Rinne oder Furche, und die zusammengekrümmten Soldaten standen immer wieder auf und liefen auf einen anderen Teil des Spielfeldes, so daß Alice bald zu dem Schluß gelangte, Krocket sei ein äußerst schwieriges Spiel.

Die übrigen Spieler spielten nicht der Reihe nach, sondern alle zugleich, stritten sich dabei fortwährend und balgten sich um die Igel. So dauerte es nicht lange, bis die Königin wut-

a furious passion, and went stamping about, and shouting 'Off with his head!' or 'Off with her head!' about once in a minute.

Alice began to feel very uneasy: to be sure, she had not as yet had any dispute with the Queen, but she knew that it might happen any minute, 'and then,' thought she, 'what would become of me? They're dreadfully fond of beheading people here: the great wonder is, that there's any one left alive!'

She was looking about for some way of escape, and wondering whether she could get away without being seen, when she noticed a curious appearance in the air: it puzzled her very much at first, but after watching it a minute or two she made it out to be a grin, and she said to herself 'It's the Cheshire-Cat: now I shall have somebody to talk to.'

'How are you getting on?' said the Cat, as soon as there was mouth enough for it to speak with.

Alice waited till the eyes appeared, and then nodded. 'It's no use speaking to it,' she thought, 'till its ears have come, or at least one of them.' In another minute the whole head appeared, and then Alice put down her flamingo, and began an account of the game, feeling very glad she had some one to listen to her. The Cat seemed to think that there was enough of it now in sight, and no more of it appeared.

'I don't think they play at all fairly,' Alice began, in rather a complaining tone, 'and they all quarrel so dreadfully one ca'n't hear oneself speak – and they don't seem to have any rules in particular: at least, if there are, nobody attends to them – and you've no idea how confusing it is all the things being alive: for instance, there's the arch I've got to go through next walking about at the other end of the ground – and I should have croqueted the Queen's hedgehog just now, only it ran away when it saw mine coming!'

126
127 'How do you like the Queen?' said the Cat in a low voice.

schnaubend auf dem Platz umherstapfte und alle paar Augenblicke «Runter mit seinem Kopf!» oder «Runter mit ihrem Kopf!» schrie.

Alice bekam es allmählich mit der Angst zu tun. Zwar hatte sie bisher noch keinen Streit mit der Königin gehabt, aber sie wußte, daß es jeden Augenblick dazu kommen konnte. «Und was wird dann aus mir werden?» dachte sie. «Man hat ja hier eine schreckliche Vorliebe fürs Köpfen. Mich wundert nur, daß überhaupt noch jemand am Leben ist!»

Schon sah sie sich nach einem Fluchtweg um und überlegte, wie sie unbemerkt entkommen könnte, da gewahrte sie eine seltsame Erscheinung in der Luft. Zuerst stand sie vor einem Rätsel, aber als sie eine Weile hingesehen hatte, wurde ein Grinsen erkennbar, und da wußte sie: «Es ist die Cheshire-Katze! Endlich jemand, mit dem ich reden kann!»

«Wie geht's?» fragte die Katze, als von ihrem Mund soviel erschienen war, daß sie sprechen konnte.

Alice wartete, bis auch die Augen zu sehen waren, dann nickte sie. «Es hat keinen Zweck, mit ihr zu sprechen», dachte sie, «bevor die Ohren da sind, oder wenigstens eins davon.» Bald darauf war der ganze Kopf aufgetaucht, und Alice, die froh war, einen Zuhörer zu haben, legte nun ihren Flamingo beiseite und berichtete über das Spiel. Die Katze fand anscheinend, daß genug von ihr zu sehen war, denn alles übrige blieb unsichtbar.

«Ich finde, hier wird nicht ehrlich gespielt», klagte Alice. «Und alle zanken sich so furchtbar, daß man sein eigenes Wort nicht versteht; und Spielregeln scheint es überhaupt nicht zu geben, oder zumindest hält sich keiner daran; und du kannst dir gar nicht vorstellen, wie störend es ist, mit lebenden Geräten spielen zu müssen: Da geht zum Beispiel das Tor, durch das ich gerade schlagen wollte, am anderen Ende des Gartens spazieren, und eben hätte ich den Igel der Königin spielen können, wenn er nicht vor meinem davongelaufen wäre!»

«Und wie gefällt dir die Königin?» erkundigte sich die Katze leise.

'Not at all,' said Alice: 'she's so extremely –' Just then she noticed that the Queen was close behind her, listening: so she went on '– likely to win, that it's hardly worth while finishing the game.'

The Queen smiled and passed on.

'Who *are* you talking to?' said the King, coming up to Alice, and looking at the Cat's head with great curiosity.

'It's a friend of mine – a Cheshire-Cat,' said Alice: 'allow me to introduce it.'

'I don't like the look of it at all,' said the King: 'however, it may kiss my hand, if it likes.'

'I'd rather not,' the Cat remarked.

'Don't be impertinent,' said the King, and don't look at me like that!' He got behind Alice as he spoke.

'A cat may look at a king,' said Alice. 'I've read that in some book, but I don't remember where.'

'Well, it must be removed,' said the King very decidedly; and he called to the Queen, who was passing at the moment, 'My dear! I wish you would have this cat removed!'

The Queen had only one way of settling all difficulties, great or small. 'Off with his head!' she said without even looking round.

'I'll fetch the executioner myself,' said the King eagerly, and he hurried off.

Alice thought she might as well go back and see how the game was going on, as she heard the Queen's voice in the distance, screaming with passion. She had already heard her sentence three of the players to be executed for having missed their turns, and she did not like the look of things at all, as the game was in such confusion that she never knew whether it was her turn or not. So she went off in search of her hedgehog.

The hedgehog was engaged in a fight with another hedgehog, which seemed to Alice an excellent opportunity for croqueting one of them with the other: the

«Gar nicht», sagte Alice, «sie ist so . . .» In diesem Augenblick bemerkte Alice, daß die Königin dicht hinter ihr stand und zuhörte, und sie fuhr daher fort: «. . . geschickt im Spiel, daß es sich kaum lohnt, gegen sie gewinnen zu wollen.»

Die Königin lächelte und schritt weiter.

«Mit wem sprichst du da eigentlich?» fragte der König, der zu Alice getreten war und nun sehr verwundert den Katzenkopf betrachtete.

«Das ist eine Freundin von mir – eine Cheshire-Katze», sagte Alice. «Gestatten Sie, daß ich sie Ihnen vorstelle.»

«Ihr Aussehen gefällt mir nicht», sagte der König, «aber wenn sie will, darf sie mir die Hand küssen.»

«Lieber nicht», meinte die Katze.

«Sei bloß nicht unverschämt!» sagte der König. «Und sieh mich nicht so frech an!» Dabei trat er hinter Alice.

«Eine Katze darf sogar einen König ansehen», sagte Alice. «Das hab ich irgendwo gelesen, aber ich weiß nicht mehr, wo.»

«Sie muß jedenfalls fort», sagte der König sehr bestimmt und rief der Königin, die gerade vorüberging, zu: «Meine Liebe, laß doch bitte diese Katze entfernen!»

Die Königin kannte nur ein Mittel, um Schwierigkeiten, ob groß oder klein, zu beseitigen. «Runter mit ihrem Kopf!» sagte sie deshalb, ohne sich auch nur umzusehen.

«Ich werde selber den Scharfrichter holen», sagte der König erfreut und eilte davon.

Alice hielt es für das beste, zurückzugehen und zu sehen, wie es mit dem Spiel stand, denn aus der Ferne vernahm sie die Wutschreie der Königin. Zuvor hatte Alice schon gehört, wie sie drei Mitspieler zum Tod durch Köpfen verurteilte, weil diese nicht aufgepaßt hatten, als die Reihe an ihnen war; und das bereitete ihr Unbehagen, denn bei diesem Durcheinander wußte sie selber nie, ob sie an der Reihe war zu spielen oder nicht. Sie machte sich deshalb auf die Suche nach ihrem Igel.

Dieser balgte sich gerade mit einem anderen Igel, und Alice sah eine günstige Gelegenheit, den einen mit dem anderen zu krockieren. Die Schwierigkeit dabei war nur die,

only difficulty was, that her flamingo was gone across to the other side of the garden, where Alice could see it trying in a helpless sort of way to fly up into a tree.

By the time she had caught the flamingo and brought it back, the fight was over, and both the hedgehogs were out of sight: 'but it doesn't matter much,' thought Alice, 'as all the arches are gone from this side of the ground.' So she tucked it away under her arm, that it might not escape again, and went back to have a little more conversation with her friend.

When she got back to the Cheshire-Cat, she was surprised to find quite a large crowd collected round it: there was a dispute going on between the executioner, the King, and the Queen, who were all talking at once, while all the rest were quite silent, and looked very uncomfortable.

The moment Alice appeared, she was appealed to by all three to settle the question, and they repeated their arguments to her, though, as they all spoke at once, she found it very hard to make out exactly what they said.

The executioner's argument was, that you couldn't cut off a head unless there was a body to cut it off from: that he had never had to do such a thing before, and he wasn't going to begin at *his* time of life.

The King's argument was that anything that had a head could be beheaded, and that you weren't to talk nonsense.

The Queen's argument was that, if something wasn't done about it in less than no time, she'd have everybody executed, all round. (It was this last remark that had made the whole party look so grave and anxious.)

Alice could think of nothing else to say but 'It belongs to the Duchess: you'd better ask *her* about it.'

'She's in prison,' the Queen said to the executioner: 'fetch her here.' And the executioner went off like an arrow.

daß ihr Flamingo unterdessen ans andere Ende des Gartens spaziert war, wo ihn Alice bei dem unbeholfenen Versuch beobachtete, auf einen Baum zu fliegen.

Bis sie den Flamingo eingefangen und zurückgebracht hatte, war die Balgerei vorüber, und von den Igeln war nichts mehr zu sehen. «Aber das macht weiter nichts», dachte Alice, «denn die Tore haben sowieso diese Seite des Platzes verlassen.» Sie nahm den Flamingo also unter den Arm, damit er ihr nicht wieder entwischte, und ging zurück, um noch ein wenig mit ihrer Freundin zu plaudern.

Als sie zu der Cheshire-Katze zurückkam, fand sie zu ihrer Überraschung eine größere Menschenmenge um sie versammelt. Der Scharfrichter, der König und die Königin redeten laut und alle zugleich aufeinander ein, während die übrigen stumm blieben und betretene Gesichter machten.

Sobald sie Alice sahen, baten die drei sie um ihr Urteil in der Streitfrage und trugen ihr noch einmal ihre Ansichten vor. Da sie aber alle zugleich redeten, hatte Alice große Mühe zu verstehen, was sie eigentlich sagen wollten.

Der Scharfrichter vertrat die Ansicht, man könne keinen Kopf abhacken, wenn kein Körper vorhanden sei, von dem er sich abhacken ließe. So etwas habe bis jetzt noch nie jemand von ihm verlangt, und auf seine alten Tage werde er damit auch nicht mehr anfangen.

Der König vertrat den Standpunkt, alles, was einen Kopf habe, könne man auch köpfen, und er solle gefälligst keinen Unsinn reden.

Die Königin vertrat den Standpunkt, wenn nicht sofort und auf der Stelle etwas geschehe, werde sie alle, wie sie da stünden, köpfen lassen. (Und wegen dieser Bemerkung machte die ganze Gesellschaft so ernste und verstörte Gesichter.)

Das einzige, was Alice einfiel, war: «Die Katze gehört der Herzogin. Am besten, man befragt sie deswegen.»

«Sie sitzt im Gefängnis», sagte die Königin zum Scharfrichter. «Bring sie her!» Und der Scharfrichter lief davon wie der Blitz.

The Cat's head began fading away the moment he was gone, and, by the time he had come back with the Duchess, it had entirely disappeared: so the King and the executioner ran wildly up and down, looking for it, while the rest of the party went back to the game.

Kaum war er weg, da begann der Kopf der Katze langsam blasser zu werden, und als der Scharfrichter mit der Herzogin zurückkam, war nichts mehr von ihm zu sehen. König und Scharfrichter rannten aufgeregt umher, um die Katze zu suchen, während die andern das Spiel fortsetzten.

Chapter IX: The Mock Turtle's Story

Neuntes Kapitel: Die Erzählung der Suppenschildkröte

'You ca'n't think how glad I am to see you again, you dear old thing!' said the Duchess, as she tucked her arm affectionately into Alice's, and they walked off together.

Alice was very glad to find her in such a pleasant temper, and thought to herself that perhaps it was only the pepper that had made her so savage when they met in the kitchen.

'When *I'm* a Duchess,' she said to herself (not in a very hopeful tone, though), 'I wo'n't have any pepper in my kitchen *at all*. Soup does very well without – Maybe it's always pepper that makes people hot-tempered,' she went on, very much pleased at having found out a new kind of rule, 'and vinegar that makes them sour – and camomile that makes them bitter – and – and barley-sugar and such things that make children sweet-tempered. I only wish people knew *that*: then they wouldn't be stingy about it, you know –'

She had quite forgotten the Duchess by this time, and was a little startled when she heard her voice close to her ear. 'You're thinking about something, my dear, and that makes you forget to talk. I ca'n't tell you just now what the moral of that is, but I shall remember it in a bit.'

«Du glaubst gar nicht, wie froh ich bin, dich wiederzusehen, mein liebes Kind!» sagte die Herzogin. Vertraulich hakte sie sich bei Alice ein, und gemeinsam gingen sie davon.

Alice war sehr froh, die Herzogin so guter Dinge zu finden, und überlegte, ob es vielleicht nur an dem vielen Pfeffer gelegen hatte, daß sie bei ihrer ersten Begegnung in der Küche so grimmig war.

«Wenn ich einmal Herzogin bin», dachte sie – wenn auch nicht sehr zuversichtlich –, «werde ich überhaupt keinen Pfeffer in meiner Küche dulden. Suppe schmeckt auch ohne – und vielleicht liegt es überhaupt am Pfeffer, wenn Menschen hitzig werden», fuhr sie fort, ganz stolz, so etwas wie einen Lehrsatz gefunden zu haben. «Und vom Essig werden sie säuerlich – und von Kamillentee werden sie bitter – und . . . und von Süßigkeiten werden Kinder süß und nett. Wenn die Leute das doch nur einsähen! Dann wären sie damit sicher nicht so geizig . . .»

Währenddessen hatte sie die Herzogin ganz vergessen und fuhr daher ein wenig zusammen, als sie deren Stimme dicht neben sich sagen hörte: «Du bist in Gedanken, meine Liebe, und vergißt ganz unsere Unterhaltung. Ich kann dir zwar jetzt nicht sagen, welche Lehre sich daraus ziehen läßt, aber es wird mir schon wieder einfallen.»

'Perhaps it hasn't one,' Alice ventured to remark.

'Tut, tut, child!' said the Duchess. 'Everything's got a moral, if only you can find it.' And she squeezed herself up closer to Alice's side as she spoke.

Alice did not much like her keeping so close to her: first, because the Duchess was *very* ugly; and secondly, because she was exactly the right height to rest her chin on Alice's shoulder, and it was an uncomfortably sharp chin. However, she did not like to be rude: so she bore it as well as she could.

'The game's going on rather better now,' she said, by way of keeping up the conversation a little.

' 'Tis so,' said the Duchess: 'and the moral of that is − "Oh, 'tis love, 'tis love, that makes the world go round!"'

'Somebody said,' Alice whispered, 'that it's done by everybody minding their own business!'

'Ah, well! It means much the same thing,' said the Duchess, digging her sharp little chin into Alice's shoulder as she added 'and the moral of *that* is − "Take care of the sense, and the sounds will take care of themselves."'

'How fond she is of finding morals in things!' Alice thought to herself.

'I dare say you're wondering why I don't put my arm round your waist,' the Duchess said, after a pause: 'the reason is, that I'm doubtful about the temper of your flamingo. Shall I try the experiment?'

'He might bite,' Alice cautiously replied, not feeling at all anxious to have the experiment tried.

'Very true,' said the Duchess: 'flamingoes and mustard both bite. And the moral of that is − "Birds of a feather flock together."'

'Only mustard isn't a bird,' Alice remarked.

'Right, as usual,' said the Duchess: 'what a clear way you have of putting things!'

136 'It's a mineral, I *think*,' said Alice.

137 'Of course it is,' said the Duchess, who seemed

«Vielleicht gibt es gar keine», wagte Alice zu bemerken.

«Papperlapapp!» sagte die Herzogin. «In allem steckt eine Lehre, wenn man sie nur zu finden versteht.» Und bei diesen Worten drängte sie sich noch dichter an Alice.

Daß sie ihr so nahe kam, gefiel Alice gar nicht, denn erstens war die Herzogin ganz furchtbar häßlich, und zweitens war sie gerade so groß, daß sie ihr Kinn auf Alices Schulter legen konnte, und dieses Kinn war unangenehm spitz. Da Alice aber nicht unhöflich sein wollte, ertrug sie es, so gut es ging.

«Mit dem Krocketspiel scheint es jetzt besser zu gehen», sagte sie, um das Gespräch in Gang zu halten.

«So ist es», sagte die Herzogin, «und daraus ziehen wir die Lehre: ‹Die Liebe, nur die Liebe macht, daß die Welt sich dreht!›»

«Irgendwer hat mal gesagt», murmelte Alice, «sie drehe sich, wenn jeder sich bloß um das kümmert, was ihn angeht.»

«Ach, das ist doch fast dasselbe», sagte die Herzogin, und indem sie ihr spitzes Kinn in Alices Schulter bohrte, fuhr sie fort: «Und daraus ziehen wir die Lehre: ‹Bedenke, was du sagen willst, dann folgen die Worte von selber.›»

«Aus allem will sie eine Lehre ziehen!» dachte Alice im stillen.

«Du wunderst dich sicherlich, warum ich nicht meinen Arm um dich lege», sagte die Herzogin nach kurzem Schweigen. «Das liegt daran, daß ich nicht sicher bin, ob dein Flamingo wirklich zahm ist. Ob ich's mal versuche?»

«Er könnte beißen», wehrte Alice ab, denn auf diesen Versuch wollte sie es nicht gerne ankommen lassen.

«Sehr wahr!» sagte die Herzogin. «Flamingoschnäbel und Senf sind scharf. Und daraus ziehen wir die Lehre: ‹Gleiche Vögel gesellen sich gern.›»

«Nur daß Senf kein Vogel ist», bemerkte Alice.

«Richtig wie immer», sagte die Herzogin. «Wie klar du dich ausdrücken kannst!»

«Sondern ein Bodenschatz – glaube ich», sagte Alice.

«Aber natürlich», sagte die Herzogin, die bereit schien,

ready to agree to everything that Alice said: 'there's a large mustard-mine near here. And the moral of that is – "The more there is of mine, the less there is of yours."'

'Oh, I know!' exclaimedAlice, who had not attended to this last remark. 'It's a vegetable. It doesn't look like one, but it is.'

'I quite agree with you,' said the Duchess; 'and the moral of that is – "Be what you would seem to be" – or, if you'd like it put more simply – "Never imagine yourself not to be otherwise than what it might appear to others that what you were or might have been was not otherwise than what you had been would have appeared to them to be otherwise."'

'I think I should understand that better,' Alice said very politely, 'if I had it written down: but I ca'n't quite follow it as you say it.'

'That's nothing to what I could say if I chose,' the Duchess replied, in a pleased tone.

'Pray don't trouble yourself to say it any longer than that,' said Alice.

'Oh, don't talk about trouble!' said the Duchess. 'I make you a present of everything I've said as yet.'

'A cheap sort of present!' thought Alice. 'I'm glad people don't give birthday-presents like that!' But she did not venture to say it out loud.

'Thinking again?' the Duchess asked, with another dig of her sharp little chin.

'I've a right to think,' said Alice sharply, for she was beginning to feel a little worried.

'Just about as much right,' said the Duchess, 'as pigs have to fly; and the m –'

But here, to Alice's great surprise, the Duchess's voice died away, even in the middle of her favourite word "moral," and the arm that was linked into hers began to tremble. Alice looked up, and there stood the Queen in front of them, with her arms folded, frowning like a thunderstorm.

Alice in allem, was sie sagte, zuzustimmen. «Hier in der Nähe gibt es eine große Senfgrube. Und daraus ziehen wir die Lehre: ‹Wer andern eine Grube gräbt, fällt selbst hinein.›»

«Nein, jetzt weiß ich's!» rief Alice, die diese Bemerkung überhört hatte. «Senf ist eine Pflanze. Er sieht zwar nicht so aus, aber er ist doch eine.»

«Ich bin ganz deiner Meinung», sagte die Herzogin. «Und daraus ziehen wir die Lehre: ‹Sei, was zu sein du scheinst› – oder einfacher ausgedrückt: ‹Sei niemals unverschieden von dem, wie es andern zu sein oder gewesen zu sein erschienen sein könnte, was nicht anders als das, was du ihnen zu sein erschienen wärest.›»

«Ich glaube, ich könnte das besser verstehen,» sagte Alice sehr höflich, «wenn ich es geschrieben vor mir hätte. Wenn Sie es so sagen, kann ich nicht recht folgen.»

«Ich könnte es noch ganz anders sagen, wenn ich wollte», sagte die Herzogin geschmeichelt.

«Bitte machen Sie sich nicht die Mühe, es noch länger zu formulieren», sagte Alice.

«Von Mühe kann doch keine Rede sein!» sagte die Herzogin. «Ich mache dir hiermit alles, was ich bisher gesagt habe, zum Geschenk.»

«Ein sehr billiges Geschenk!» dachte Alice. «Nur gut, daß man so was nicht zum Geburtstag bekommt.» Aber das sagte sie doch lieber nicht laut.

«Na, wieder in Gedanken?» fragte die Herzogin und piekte Alice erneut mit ihrem spitzen Kinn.

«Ich werde doch noch nachdenken dürfen!» sagte Alice gereizt, da ihr die Herzogin allmählich lästig wurde.

«Gewiß», sagte die Herzogin, «denn ein Bleiklumpen darf ja auch schwimmen. Und daraus ziehen wir die L...»

Doch hier erstarb, zu Alices großer Überraschung, die Stimme der Herzogin mitten in ihrem Lieblingswort «Lehre», und der Arm, mit dem sie sich bei Alice eingehakt hatte, begann zu zittern. Alice sah auf, und da stand die Königin mit verschränkten Armen vor ihnen und machte ein finsteres Gesicht.

'A fine day, your Majesty!' the Duchess began in a low, weak voice.

'Now, I give you fair warning,' shouted the Queen, stamping on the ground as she spoke; 'either you or your head must be off, and that in about half no time! Take your choice!'

The Duchess took her choice, and was gone in a moment.

'Let's go on with the game,' the Queen said to Alice; and Alice was too much frightened to say a word, but slowly followed her back to the croquet-ground.

The other guests had taken advantage of the Queen's absence, and were resting in the shade: however, the moment they saw her, they hurried back to the game, the Queen merely remarking that a moment's delay would cost them their lives.

All the time they were playing the Queen never left off quarreling with the other players, and shouting 'Off with his head!' or 'Off with her head!' Those whom she sentenced were taken into custody by the soldiers, who of course had to leave off being arches to do this, so that, by the end of half an hour or so, there were no arches left, and all the players, except the King, the Queen, and Alice, were in custody and under sentence of execution.

Then the Queen left off, quite out of breath, and said to Alice 'Have you seen the Mock Turtle yet?'

'No,' said Alice. 'I don't even know what a Mock Turtle is.'

'It's the thing Mock Turtle Soup is made from,' said the Queen.

'I never saw one, or heard of one,' said Alice.

'Come on, then,' said the Queen, 'and he shall tell you his history.'

As they walked off together, Alice heard the King say in a low voice, to the company generally, 'You are all pardoned.' 'Come, *that's* a good thing!' she said to

«Ein schöner Tag heute, Majestät», begann die Herzogin mit leiser, schwacher Stimme.

«Ich warne dich in aller Freundschaft!» brüllte die Königin und stampfte mit dem Fuß auf. «Du oder dein Kopf – einer von euch beiden muß weg, und zwar auf der Stelle! Du hast die Wahl.»

Die Herzogin traf ihre Wahl und war blitzschnell verschwunden.

«Wir wollen weiterspielen», sagte die Königin zu Alice; und Alice war so erschrocken, daß sie kein Wort herausbrachte, sondern nur langsam hinter ihr her zum Krocketplatz ging.

Die übrigen Gäste hatten die Abwesenheit der Königin zu einer Ruhepause im Schatten genutzt, eilten aber zurück aufs Spielfeld, sobald sie ihre Majestät zurückkommen sahen; und diese bemerkte nur beiläufig, daß die geringste Verzögerung mit dem Tode geahndet werde.

Während des Spiels hörte die Königin nicht auf, sich mit den anderen Spielern zu zanken und «Runter mit seinem Kopf!» oder «Runter mit ihrem Kopf!» zu schreien. Die so Verurteilten wurden dann von Soldaten abgeführt, die damit natürlich als Krockettore ausschieden, so daß nach einer halben Stunde kein einziges Tor mehr übrig war und alle Mitspieler außer dem König, der Königin und Alice verhaftet und zum Tode verurteilt waren.

Endlich machte die Königin, die schon ganz außer Atem war, dem Treiben ein Ende und fragte Alice: «Hast du schon die Suppenschildkröte gesehen?»

«Nein», antwortete Alice, «ich weiß nicht einmal, was eine Suppenschildkröte ist.»

«Man macht daraus Schildkrötensuppe», erklärte die Königin.

«Ich habe weder eine gesehen noch von einer gehört», sagte Alice.

«Dann komm mit», sagte die Königin. «Sie soll dir aus ihrem Leben erzählen.»

Im Weggehen hörte Alice dann noch, wie der König leise zu der versammelten Gesellschaft sagte: «Ihr seid alle begnadigt.»

herself, for she had felt quite unhappy at the number of executions the Queen had ordered.

They very soon came upon a Gryphon, lying fast asleep in the sun. (...) 'Up, lazy thing!' said the Queen, 'and take this young lady to see the Mock Turtle, and to hear his history. I must go back and see after some executions I have ordered;' and she walked off, leaving Alice alone with the Gryphon. Alice did not quite like the look of the creature, but on the whole she thought it would be quite as safe to stay with it as to go after that savage Queen: so she waited.

The Gryphon sat up and rubbed its eyes: then it watched the Queen till she was out of sight: then it chuckled. 'What fun!' said the Gryphon, half to itself, half to Alice.

'What *is* the fun?' said Alice.

'Why, *she*,' said the Gryphon. 'It's all her fancy, that: they never executes nobody, you know. Come on!'

'Everybody says "come on!" here,' thought Alice, as she went slowly after it: 'I never was so ordered about before, in all my life, never!'

They had not gone far before they saw the Mock Turtle in the distance, sitting sad and lonely on a little ledge of rock, and, as they came nearer, Alice could hear him sighing as if his heart would break. She pitied him deeply. 'What is his sorrow?' she asked the Gryphon. And the Gryphon answered, very nearly in the same words as before, 'It's all his fancy, that: he hasn't got no sorrow, you know. Come on!'

So they went up to the Mock Turtle, who looked at them with large eyes full of tears, but said nothing.

'This here young lady,' said the Gryphon, 'she wants for to know your history, she do.'

'I'll tell it her,' said the Mock Turtle in a deep, hollow tone. 'Sit down, both of you, and don't speak a word till I've finished.'

So they sat down, and nobody spoke for some

«Das ist aber schön!» dachte sie, denn die vielen von der Königin angeordneten Todesurteile hatten sie sehr bedrückt.

Bald darauf kamen sie zu einem Vogel Greif, der in der Sonne lag und schlief. «Auf, du Faulpelz», sagte die Königin, «und bring diese junge Dame zur Suppenschildkröte. Sie soll sich ihre Geschichte anhören. Ich selbst muß zurück, um einige Hinrichtungen zu beaufsichtigen.» Dann ging sie und ließ Alice mit dem Greif allein. Dieses Wesen war Alice zwar nicht ganz geheuer, aber genaugenommen, überlegte sie, war es hier nicht gefährlicher als bei der unberechenbaren Königin, und so wartete sie ab.

Der Greif setzte sich auf und rieb sich die Augen; dann schaute er der Königin nach, bis sie verschwunden war, und kicherte. «Zu komisch!» sagte der Greif halb zu sich selbst, halb zu Alice.

«Was ist denn da komisch?» fragte Alice.

«Na, *sie*», sagte der Greif. «Die bildet sich das alles bloß ein, weißt du. Die richten in Wirklichkeit nie einen hin. Komm mit!»

«Alle sagen hier ‹Komm mit!›» dachte Alice, indem sie ihm langsam folgte. «In meinem ganzen Leben bin ich noch nicht so viel herumkommandiert worden.»

Es dauerte nicht lange, da sahen sie von ferne die Suppenschildkröte, die einsam und traurig auf einem kleinen Felsvorsprung saß, und als sie näher kamen, hörte Alice sie seufzen, als ob ihr das Herz bräche. Das tat ihr schrecklich leid. «Was hat sie denn für einen Kummer?» fragte sie den Greif, und dieser antwortete fast mit denselben Worten wie zuvor: «Sie bildet sich das alles bloß ein, weißt du. Die hat gar keinen Kummer. Komm mit!»

Sie gingen also zu der Suppenschildkröte hin, die sie mit großen tränennassen Augen stumm ansah.

«Hier bring’ ich ’ne junge Dame», sagte der Greif, «die möcht’ gern deine Geschichte hören.»

«Ich werde sie ihr erzählen», sagte die Suppenschildkröte mit Grabesstimme. «Setzt euch hin, alle beide, und seid ganz still, bis ich damit fertig bin.»

Sie setzten sich also, und einige Minuten lang herrschte

minutes. Alice thought to herself 'I don't see how he can *ever* finish, if he doesn't begin.' But she waited patiently.

'Once,' said the Mock Turtle at last, with a deep sigh, 'I was a real Turtle.'

These words were followed by a very long silence, broken only by an occasional exclamation of 'Hjckrrh!' from the Gryphon, and the constant heavy sobbing of the Mock Turtle. Alice was very nearly getting up and saying 'Thank you, Sir, for your interesting story,' but she could not help thinking there *must* be more to come, so she sat still and said nothing.

'When we were little,' the Mock Turtle went on at last, more calmly, though still sobbing a little now and then, 'we went to school in the sea. The master was an old Turtle – we used to call him Tortoise –'

'Why did you call him Tortoise, if he wasn't one?' Alice asked.

'We called him Tortoise because he taught us,' said the Mock Turtle angrily. 'Really you are very dull!'

'You ought to be ashamed of yourself for asking such a simple question,' added the Gryphon; and then they both sat silent and looked at poor Alice, who felt ready to sink into the earth. At last the Gryphon said to the Mock Turtle 'Drive on, old fellow! Don't be all day about it!', and he went on in these words:

'Yes, we went to school in the sea, though you mayn't believe it –'

'I never said I didn't!' interrupted Alice.

'You did,' said the Mock Turtle.

'Hold your tongue!' added the Gryphon, before Alice could speak again. The Mock Turtle went on.

'We had the best of educations – in fact, we went to school every day –'

'*I've* been to a day-school, too,' said Alice. 'You needn't be so proud as all that.'

'With extras?' asked the Mock Turtle, a little anxiously.

tiefe Stille. «Ich weiß gar nicht, wie sie je fertig werden will», dachte Alice, «wenn sie nicht beginnt.» Aber sie wartete geduldig.

«Einst», sprach die Suppenschildkröte endlich mit einem tiefen Seufzer, «war ich eine einfache Schildkröte.»

Auf diese Worte folgte wiederum ein langes Schweigen, das nur ab und zu von einem lauten «Hick-ch!» des Greifen und dem fortwährenden heftigen Schluchzen der Suppenschildkröte unterbrochen wurde. Alice hatte große Lust, aufzustehen und zu sagen: «Vielen Dank für deine höchst interessante Geschichte», aber dann sagte sie sich, daß das sicherlich noch nicht alles war, und blieb sitzen und schwieg.

«Als wir Kinder waren», fuhr die Suppenschildkröte schließlich ruhiger, aber immer noch hin und wieder schluchzend fort, «gingen wir im Meer zur Schule. Unser Lehrer war eine alte Schildkröte – wir nannten ihn den Barsch...»

«Warum denn Barsch, wenn er doch keiner war?» fragte Alice.

«Wir nannten ihn Barsch, weil er barsch war», sagte die Suppenschildkröte ungehalten. «Du bist wirklich sehr dumm.»

«Du solltest dich schämen, so dumme Fragen zu stellen», ergänzte der Greif, und dann saßen beide da und musterten stumm die arme Alice, die am liebsten im Erdboden versunken wäre. Endlich sagte der Vogel Greif zur Suppenschildkröte: «Mach weiter, Alte, sonst sitzen wir heute abend noch hier!» Darauf fuhr sie fort:

«Ja, wir gingen im Meer zur Schule, ob du's glaubst oder...»

«Das habe ich nie bezweifelt!» unterbrach sie Alice.

«Doch», behauptete die Suppenschildkröte.

«Ruhe jetzt!» setzte der Greif hinzu, bevor Alice dazu etwas sagen konnte. Die Suppenschildkröte sprach weiter.

«Wir genossen eine ausgezeichnete Erziehung und gingen sogar jeden Tag zur Schule...»

«Das tue ich auch», sagte Alice. «Darauf brauchst du dir gar nicht soviel einzubilden!»

«Hast du auch Wahlfächer?» erkundigte sich die Suppenschildkröte etwas ängstlich.

'Yes,' said Alice: 'we learned French and music.'

'And washing?' said the Mock Turtle.

'Certainly not!' said Alice indignantly.

'Ah! Then yours wasn't a really good school,' said the Mock Turtle in a tone of great relief. 'Now, at *ours*, they had, at the end of the bill, "French, music, *and* washing – extra."'

'You couldn't have wanted it much,' said Alice; 'living at the bottom of the sea.'

'I couldn't afford to learn it,' said the Mock Turtle, with a sigh. 'I only took the regular course.'

'What was that?' inquired Alice.

'Reeling and Writhing, of course, to begin with,' the Mock Turtle replied; 'and then the different branches of Arithmetic – Ambition, Distraction, Uglification, and Derision.'

'I never heard of "Uglification,"' Alice ventured to say. 'What is it?'

The Gryphon lifted up both its paws in surprise. 'Never heard of uglifying!' it exclaimed. 'You know what to beautify is, I suppose?'

'Yes,' said Alice doubtfully: 'it means – to make – anything – prettier.'

'Well, then,' the Gryphon went on, 'if you don't know what to uglify is, you *are* a simpleton.'

Alice did not feel encouraged to ask any more questions about it: so she turned to the Mock Turtle, and said 'What else had you to learn?'

'Well, there was Mystery,' the Mock Turtle replied, counting off the subjects on his flappers, – 'Mystery, ancient and modern, with Seaography:

then Drawling – the Drawlingmaster was an old conger-eel, that used to come once a week: *he* taught us Drawling, Stretching, and Fainting in Coils.'

'What was *that* like?' said Alice.

'Well, I ca'n't show it you, myself,' the Mock Turtle said: 'I'm too stiff. And the Gryphon never learnt it.'

«Ja», sagte Alice. «Französisch und Musik.»

«Und Wäschewaschen?» fragte die Suppenschildkröte.

«Aber nein!» sagte Alice verächtlich.

«Na, dann besuchst du doch keine erstklassige Schule», sagte die Suppenschildkröte sichtlich erleichtert. «Bei *uns* stand nämlich unten auf der Schulgeldrechnung immer: ‹Französisch, Musik und *Wäschewaschen zusätzlich.*›»

«Aber was konntet ihr damit schon anfangen?» sagte Alice. «Ihr habt doch mitten im Meer gewohnt.»

«Ich hab's auch gar nicht gelernt, weil es zuviel gekostet hätte», sagte die Suppenschildkröte seufzend. «Ich hatte nur die Hauptfächer.»

«Und die waren?» fragte Alice.

«Vor allem natürlich Dösen und Schweifen», antwortete die Suppenschildkröte, «und dann die vier Grundrechenarten: Agieren, Soufflieren, Defilieren und Mumifizieren.»

«Von ‹Soufflieren› habe ich aber noch nie gehört», sagte Alice. «Was ist das denn?»

Verwundert hob der Greif die Vordertatzen. «Noch nie von Soufflieren gehört?» rief er aus. «Aber du weißt doch sicher, was ein Soufflé ist?»

«Ja», sagte Alice zögernd, «das ist ... etwas Gutes ... zum Essen.»

«Na also!» sagte der Greif. «Wenn du jetzt immer noch nicht weißt, was ‹soufflieren› heißt, bist du wirklich dumm.»

Alice wagte nicht, dem weiter nachzugehen, und deshalb wandte sie sich wieder der Suppenschildkröte zu und fragte: «Und worin hattet ihr sonst noch Unterricht?»

«Nun, da gab es noch Gewichte», antwortete die Suppenschildkröte und zählte dabei die einzelnen Fächer an ihren Flossen auf, «ältere und neuere Gewichte – und Seeographie. Und dann Kunst – unser Kunstlehrer war ein alter Tintenfisch, der einmal in der Woche kam. Bei ihm hatten wir Leichen- und Qualunterricht, und wir haben sogar mit Grölfarben gearbeitet.»

«Wie ging das denn?» fragte Alice.

«Ich kann's nicht vormachen», sagte die Suppenschildkröte, «bin zu heiser. Und der Greif hatte das Fach nicht.»

'Hadn't time,' said the Gryphon: 'I went to the Classical master, though. He was an old crab, *he* was.'

'I never went to him,' the Mock Turtle said with a sigh. 'He taught Laughing and Grief, they used to say.'

'So he did, so he did,' said the Gryphon, sighing in his turn; and both creatures hid their faces in their paws.

'And how many hours a day did you do lessons?' said Alice, in a hurry to change the subject.

'Ten hours the first day,' said the Mock Turtle: 'nine the next, and so on.'

'What a curious plan!' exclaimed Alice.

'That's the reason they're called lessons,' the Gryphon remarked: 'because they lessen from day to day.'

This was quite a new idea to Alice, and she thought it over a little before she made her next remark. 'Then the eleventh day must have been a holiday?'

'Of course it was,' said the Mock Turtle.

'And how did you manage on the twelfth?' Alice went on eagerly.

'That's enough about lessons,' the Gryphon interrupted in a very decided tone. 'Tell her something about the games now.'

«Hatte keine Zeit», sagte der Greif. «Dafür hatte ich alt-fraglichen Unterricht. Bei einem richtigen alten Stockfisch.»

«Ich bin nie bei ihm gewesen», seufzte die Suppenschild-kröte. «Es hieß immer, er habe Laßsein und Kriegmich ge-macht.»

«Das stimmt, das stimmt», sagte der Greif und seufzte nun seinerseits wehmütig, und dann schlugen beide die Pfo-ten vors Gesicht.

«Und wieviele Stunden hattet ihr täglich bei euern Leh-rern?» fragte Alice, um schnell das Thema zu wechseln.

«Am ersten Tag zehn Stunden», sagte die Suppenschild-kröte, «dann neun, und so weiter.»

«Das war aber ein sonderbarer Stundenplan!» rief Alice aus.

«Deshalb heißen die Lehrer ja auch Lehrer», erklärte der Greif. «Die Schule wurde jeden Tag leerer.»

Dieser Gedanke war Alice ganz neu, und sie dachte erst ein Weilchen darüber nach, ehe sie ihre nächste Frage stellte. «Dann war also der elfte Tag schulfrei?»

«Selbstverständlich», sagte die Suppenschildkröte.

«Und was habt ihr dann am zwölften gemacht?» fuhr Alice wißbegierig fort.

«Schluß jetzt mit Schule und Lehrern!» unterbrach sie der Greif mit Nachdruck. «Erzähl ihr jetzt lieber etwas von den Spielen.»

Chapter X: The Lobster-Quadrille

Zehntes Kapitel: Die Hummer-Quadrille

The Mock Turtle sighed deeply, and drew the back of one flapper across his eyes. He looked at Alice and tried to speak, but, for a minute or two, sobs choked his voice. 'Same as if he had a bone in his throat,' said the Gryphon; and it set to work shaking him and punching him in the back. At last the Mock Turtle recovered his voice, and, with tears running down his cheeks, he went on again:

'You may not have lived much under the sea –' ('I haven't,' said Alice) – 'and perhaps you were never even introduced to a lobster –' (Alice began to say 'I once tasted –' but checked herself hastily, and said 'No, never') '– so you can have no idea what a de-lightful thing a Lobster-Quadrille is!'

'No, indeed,' said Alice. 'What sort of a dance is it?'

'Why,' said the Gryphon, 'you first form into a line along the sea-shore –'

Die Suppenschildkröte seufzte schwer und wischte sich mit einem Flossenrücken über die Augen. Dann sah sie Alice an und versuchte zu sprechen, aber vor Schluchzen versagte ihr eine Zeitlang die Stimme. «Als ob sie eine Gräte verschluckt hätte», sagte der Greif und machte sich daran, sie zu schütteln und auf den Rücken zu klopfen. Endlich fand die Suppenschildkröte ihre Stimme wieder, und während ihr die Tränen über die Wangen rollten, fuhr sie fort:

«Du hast vielleicht noch nicht längere Zeit im Meer gelebt...» («Allerdings nicht», sagte Alice) «...und auch noch nie einen Hummer kennengelernt...» («Nur mal gekostet...», begann Alice, unterbrach sich aber schnell und sagte: «Nein, noch nie») «...so daß du dir gar nicht vorstellen kannst, wie wunderschön eine Hummer-Quadrille ist.»

«Stimmt», sagte Alice. «Wie wird die denn getanzt?»

«Also», sagte der Greif, «man stellt sich zuerst in einer Reihe am Strand auf...»

'Two lines!' cried the Mock Turtle. 'Seals, turtles, salmon, and so on: then, when you've cleared all the jelly-fish out of the way –'

'*That* generally takes some time,' interrupted the Gryphon.

'– you advance twice –'

'Each with a lobster as a partner!' cried the Gryphon.

'Of course,' the Mock Turtle said: 'advance twice, set to partners –'

'– change lobsters, and retire in same order,' continued the Gryphon.

'Then, you know,' the Mock Turtle went on, 'you throw the –'

'The lobsters!' shouted the Gryphon, with a bound into the air.

'– as far out to sea as you can –'

'Swim after them!' screamed the Gryphon.

'Turn a somersault in the sea!' cried the Mock Turtle, capering wildly about.

'Change lobsters again!' yelled the Gryphon at the top of its voice.

'Back to land again, and – that's all the first figure,' said the Mock Turtle, suddenly dropping his voice; and the two creatures, who had been jumping about like mad things all this time, sat down again very sadly and quietly, and looked at Alice.

'It must be a very pretty dance,' said Alice timidly.

'Would you like to see a little of it?' said the Mock Turtle.

'Very much indeed,' said Alice.

'Come, let's try the first figure!' said the Mock Turtle to the Gryphon. 'We can do it without lobsters, you know. Which shall sing?'

'Oh, *you* sing,' said the Gryphon. 'I've forgotten the words.'

So they began solemnly dancing round and round Alice, every now and then treading on her toes when

«In zwei Reihen!» widersprach die Suppenschildkröte. «Seehunde, Schildkröten, Lachse und so weiter. Wenn man dann die Quallen aus dem Weg geräumt hat...»

«Was gewöhnlich viel Zeit kostet», fiel ihr der Greif ins Wort.

«...macht man zwei Schritte vorwärts...»

«Jeder mit einem Hummer als Partner!» rief der Greif dazwischen.

«Natürlich», sagte die Suppenschildkröte. «Zwei Schritte vorwärts zum Gegenüber...»

«...Hummerwechsel und wieder zurück», fuhr der Greif fort.

«Ja, und dann», erklärte die Suppenschildkröte weiter, «wirft man die...»

«Die Hummer!» jauchzte der Greif und machte einen Luftsprung.

«...ins Meer hinaus, so weit man nur kann...»

«Schwimmt ihnen nach!» jubelte der Greif.

«Schlägt im Meer einen Purzelbaum!» rief die Suppenschildkröte und hopste wild umher.

«Wechselt nochmal die Hummer!» dröhnte der Greif.

«Dann zurück ans Land, und ... damit ist die erste Figur beendet», sagte die Suppenschildkröte plötzlich wieder ganz leise, und die beiden Wesen, die eben noch wie wild umhergesprungen waren, setzten sich wieder ganz traurig und still hin und sahen Alice an.

«Das ist bestimmt ein sehr schöner Tanz», sagte Alice zaghaft.

«Möchtest du mal sehen, wie es geht?» fragte die Suppenschildkröte.

«Ja, sehr gerne», sagte Alice.

«Versuchen wir's mal mit der ersten Figur», sagte die Suppenschildkröte zum Greif. «Es geht ja auch ohne Hummer. Wer singt?»

«Ach, sing du lieber», bat der Greif. «Ich habe den Text vergessen.»

Sie begannen nun, feierlich um Alice herumzutanzen, und traten ihr ab und zu, wenn sie ihr zu nahe kamen, auf die

they passed too close, and waving their fore-paws to mark the time, while the Mock Turtle sang this, very slowly and sadly:

'Will you walk a little faster?' said a whiting to a snail,
'There's a porpoise close behind us, and he's treading on my tail.
See how eagerly the lobsters and the turtles all advance!
They are waiting on the shingle – will you come and join the dance?
Will you, wo'n't you, will you, wo'n't you, will you join the dance?
Will you, wo'n't you, will you, wo'n't you, wo'n't you join the dance?

'You can really have no notion how delightful it will be
When they take us up and throw us, with the lobsters, out to sea!'
But the snail replied 'Too far, too far!', and gave a look askance –
Said he thanked the whiting kindly, but he would not join the dance.
Would not, could not, would not, could not, would not join the dance.
Would not, could not, would not, could not, could not join the dance.

'What matters it how far we go?' his scaly friend replied.
'There is another shore, you know, upon the other side.
The further off from England the nearer is to France –
Then turn not pale, beloved snail, but come and join the dance.

Zehen. Mit ihren Vorderpfoten gaben sie den Takt an, während die Suppenschildkröte ganz langsam und schwermütig sang:

Sprach der Rollmops zu der Schnecke: «Laß uns schneller
    gehn zum Tanz.
Hinter uns kommt so ein Tümmler, und der tritt mir auf
    den Schwanz.
Sieh die Hummer und Schildkröten, wie sie eilig strand-
    wärts gehn.
Alle warten schon aufs Tänzchen. Komm, laß uns nicht
    abseits stehn.
Willst du, magst du, willst du, magst du dich im Tanze
    drehn?
Willst du, magst du, magst du, willst du dich im Tanze
    drehn?

Ach, du glaubst nicht, welch ein Spaß es ist und was für
    ein Vergnügen,
Mit den Hummern hoch im Bogen übers Meer dahin-
    zufliegen!»
Doch die Schnecke sprach verängstigt: «Das geht mir zu
    weit, zu weit!»
Und erklärte dann dem Rollmops, sie sei nicht zum Tanz
    bereit.
Wollt' nicht, mocht' nicht, wollt' nicht, mocht' nicht sich
    im Tanze drehn.
Wollt' nicht, mocht' nicht, mocht' nicht, wollt' nicht sich
    im Tanze drehn.

«Was liegt daran, wie weit wir fliegen?» gab ihr Freund
    zurück.
«Dort drüben kommt ja wieder Land, und deshalb gilt zum
    Glück:
Umso weiter man von England, desto näher liegt
    la France.
Drum, geliebte Schnecke, zag nicht und gewähr mir diesen
    Tanz.

Will you, wo'n't you, will you, wo'n't you, will
  you join the dance?
Will you, wo'n't you, will you, wo'n't you, wo'n't
  you join the dance?'

'Thank you, it's a very interesting dance to watch,'
said Alice, feeling very glad that it was over at last:
'and I do so like that curious song about the whiting!'

'Oh, as to the whiting,' said the Mock Turtle, 'they
– you've seen them, of course?'

'Yes,' said Alice, 'I've often seen them at dinn –' she
checked herself hastily.

'I don't know where Dinn may be,' said the Mock
Turtle; 'but, if you've seen them so often, of course
you know what they're like?'

'I believe so,' Alice replied thoughtfully. 'They have
their tails in their mouths – and they're all over
crumbs.'

'You're wrong about the crumbs,' said the Mock
Turtle: 'crumbs would all wash off in the sea. But
they have their tails in their mouths; and the reason
is –' here the Mock Turtle yawned and shut his eyes.
'Tell her about the reason and all that,' he said to the
Gryphon.

'The reason is,' said the Gryphon, 'that they *would*
go with the lobsters to the dance. So they got thrown
out to sea. So they had to fall a long way. So they got
their tails fast in their mouths. So they couldn't get
them out again. That's all.'

'Thank you,' said Alice, 'it's very interesting. I never knew so much about a whiting before.'

'I can tell you more than that, if you like,' said the
Gryphon. (. . .) 'Now let's hear some of your adventures!'

'I could tell you my adventures – beginning from
this morning,' said Alice a little timidly; 'but it's no
use going back to yesterday, because I was a different
person then.'

Willst du, magst du, willst du, magst du dich im Tanze
   drehn?
Willst du, magst du, magst du, willst du dich im Tanze
   drehn?»

«Vielen Dank, das ist wirklich ein sehenswerter Tanz», sagte
Alice, die froh war, als sie ihn beendet hatten. «Und das merkwürdige Lied vom Rollmops hat mir besonders gut gefallen!»
   «Nun, was die Rollmöpse angeht», sagte die Suppenschildkröte, «sie ... du hast sicher schon welche gesehen?»
   «Ja, schon oft», sagte Alice. «Bei kalten Büff...» Hier
verstummte sie schnell.
   «Ich habe zwar keine Ahnung, wo Kaltenbüff liegt», sagte
die Suppenschildkröte, «aber wenn du schon oft welche gesehen hast, weißt du natürlich, wie sie aussehen.»
   «Ich glaube schon», sagte Alice nachdenklich. «Sie sind
zusammengerollt ... und mit Zwiebelringen bedeckt.»
   «Mit den Zwiebelringen irrst du dich», sagte die Suppenschildkröte. «Die würde das Meerwasser ja wegspülen. Aber
zusammengerollt sind sie wirklich, und der Grund dafür
ist...» Die Suppenschildkröte gähnte und schloß die Augen.
«Erzähl du ihr den Grund und alles», sagte sie zu dem Vogel
Greif.
   «Der Grund ist», erklärte der Greif, «daß sie unbedingt
immer mit den Hummern tanzen wollten. Und da hat man
sie weit hinaus ins Meer geworfen. Und da sind sie lang
durch die Luft geflogen. Und da haben sie sich vor Angst
zusammengerollt. Und da haben sie sich nicht mehr aufrol-
len können. Das ist der Grund.»
   «Vielen Dank», sagte Alice. «Das ist sehr interessant. Bisher wußte ich fast nichts über Rollmöpse.»
   «Ich könnte dir noch mehr erzählen, wenn du willst»,
sagte der Greif. «Aber laß uns lieber hören, was *du* alles
erlebt hast.»
   «Ich könnte euch erzählen, was ich seit heute morgen
erlebt habe», sagte Alice etwas schüchtern. «Aber von gestern zu reden, wäre zwecklos, denn da war ich noch jemand
anderes.»

'Explain all that,' said the Mock Turtle.

'No, no! The adventures first,' said the Gryphon in an impatient tone: 'explanations take such a dreadful time.'

So Alice began telling them her adventures from the time when she first saw the White Rabbit. She was a little nervous about it, just at first, the two creatures got so close to her, one on each side, and opened their eyes and mouths so *very* wide; but she gained courage as she went on. Her listeners were perfectly quiet till she got to the part about her repeating 'You are old, Father William,' to the Caterpillar, and the words all coming different, and then the Mock Turtle drew a long breath, and said 'That's very curious!'

'It's all about as curious as it can be,' said the Gryphon.

'It all came different!' the Mock Turtle repeated thoughtfully. 'I should like to hear her try and repeat something now. Tell her to begin.' He looked at the Gryphon as if he thought it had some kind of authority over Alice.

'Stand up and repeat "'Tis the voice of the sluggard,"' said the Gryphon.

'How the creatures order one about, and make one repeat lessons!' thought Alice. 'I might just as well be at school at once.' However, she got up, and began to repeat it, but her head was so full of the Lobster-Quadrille, that she hardly knew what she was saying; and the words came very queer indeed:

"'Tis the voice of the Lobster: I heard him declare
"You have baked me too brown, I must sugar my hair."
As a duck with its eyelids, so he with his nose
Trims his belt and his buttons, and turns out his toes.
When the sands are all dry, he is gay as a lark,
And will talk in contemptuous tones of the Shark:
But, when the tide rises and sharks are around,
His voice has a timid and tremulous sound.'

«Erkläre das bitte», sagte die Suppenschildkröte.

«Nein, nein! Zuerst die Erlebnisse», sagte der Greif ungeduldig. «Erklärungen dauern immer so schrecklich lange.»

Alice fing also an zu erzählen, was sie erlebt hatte, seit sie dem Weißen Kaninchen begegnet war. Zuerst war sie ein bißchen aufgeregt, als die beiden ihr von beiden Seiten so nahe rückten und Münder und Augen ganz weit aufsperrten, aber allmählich kehrte ihr Selbstvertrauen zurück. Ihre Zuhörer blieben ganz still, bis sie ihnen erzählte, wie sie vor der Raupe «Du bist alt, Vater William» aufgesagt hatte und wie die Worte alle ganz falsch herausgekommen waren. Da holte die Suppenschildkröte tief Luft und sagte: «Das ist aber sehr merkwürdig!»

«Merkwürdiger geht es kaum», bestätigte der Greif.

«Alles kam ganz falsch heraus», wiederholte die Suppenschildkröte nachdenklich. «Da würde ich doch gerne hören, was geschieht, wenn sie uns jetzt etwas aufsagt. Sag ihr, sie soll anfangen!» Und dabei sah sie den Greifen an, als habe dieser ihrer Meinung nach einen besonderen Einfluß auf Alice.

«Steh auf und sag ‹'s ist die Stimme des Säumigen› her», forderte sie der Greif auf.

«Wie diese beiden mich herumkommandieren und mir Hausaufgaben abfragen!» dachte Alice. «Das ist ja, als wäre ich schon wieder in der Schule.» Dennoch stand sie auf und begann mit ihrem Vortrag, aber da sie mit ihren Gedanken noch ganz bei der Hummer-Quadrille war, merkte sie kaum, was sie sagte, und ihre Worte klangen wirklich sehr sonderbar:

's ist die Stimme des Hummers. Ich hörte ihn sagen:
«Bin zu dunkel gebacken, muß Haarfett auftragen.»
Was die Ente mit Zwinkern, macht er mit dem Kopf:
Er spreizt seine Zehen, richtet Gürtel und Knopf.
Ist getrocknet der Strand, singt er fröhlich und frei
Und spricht voll Verachtung und Hochmut vom Hai.
Aber steigt dann das Meer, ist's von Haien belebt,
Hört man klar, wie die Stimme des Hummers erbebt.'

'That's different from what I used to say when I was a child,' said the Gryphon.

'Well, I never heard it before,' said the Mock Turtle; 'but it sounds uncommon nonsense.'

Alice said nothing: she had sat down with her face in her hands, wondering if anything would *ever* happen in a natural way again.

'I should like to have it explained,' said the Mock Turtle.

'She ca'n't explain it,' said the Gryphon hastily. 'Go on with the next verse.'

'But about his toes?' the Mock Turtle persisted. 'How *could* he turn them out with his nose, you know?'

'It's the first position in dancing,' Alice said; but she was dreadfully puzzled by the whole thing, and longed to change the subject.

'Go on with the next verse,' the Gryphon repeated: 'it begins "I passed by his garden."'

Alice did not dare to disobey, though she felt sure it would all come wrong, and she went on in a trembling voice:

'I passed by his garden, and marked, with one eye,
How the Owl and the Panther were sharing a pie:
The Panther took pie-crust, and gravy, and meat,
While the Owl had the dish as its share of the treat.
When the pie was all finished, the Owl, as a boon,
Was kindly permitted to pocket the spoon:
While the Panther received knife and fork with a
And concluded the banquet by –' ⌊growl,

'What *is* the use of repeating all that stuff?' the Mock Turtle interrupted, 'if you don't explain it as you go on? It's by far the most confusing thing I ever heard!'

'Yes, I think you'd better leave off,' said the Gryphon, and Alice was only too glad to do so.

«Das klang aber anders als das, was ich als Kind immer aufgesagt habe», meinte der Greif.

«Ich hab's so noch nie gehört», sagte die Suppenschildkröte; «mir kam es wie völliger Unsinn vor.»

Alice sagte dazu nichts. Sie hatte sich niedergesetzt, das Gesicht in den Händen vergraben, und fragte sich, ob denn jemals wieder alles mit rechten Dingen zugehen werde.

«Ich möchte das gerne erklärt haben», sagte die Suppenschildkröte.

«Sie kann's nicht erklären», sagte der Greif schnell. «Sag die nächste Strophe auf!»

«Aber wie war das mit seinen Zehen?» beharrte die Suppenschildkröte. «Wie konnte er sie denn mit seinem Kopf spreizen?»

«Das ist die Ausgangsstellung beim Ballett», sagte Alice, aber eigentlich war ihr das alles völlig unklar, und am liebsten hätte sie ganz schnell das Thema gewechselt.

«Sag die nächste Strophe auf», wiederholte der Greif. «Sie beginnt mit den Worten: ‹Ich sah, als am Garten...›»

Alice wagte nicht zu widersprechen, obwohl sie schon ahnte, daß alles ganz verkehrt klingen werde, und mit bebender Stimme fuhr sie fort:

Ich sah, als am Garten vorüber ich eilte,
Wie Panther mit Eul' ein Pastetchen sich teilte.
Der Panther fraß Füllung und Soße und Kruste,
Während Eul' mit dem Teller zufrieden sein mußte.
Nach Tisch erhielt Eule zum Trost einen Klecks,
Das heißt, einen Löffel; den Rest des Bestecks
Nahm grimmig der Panther mit lautem Geheule,
Und zum Abschluß verschlang er...

«Was hat es denn für einen Sinn, das alles aufzusagen», fiel ihr die Suppenschildkröte ins Wort, «wenn du es nicht gleichzeitig erklärst? Es ist das verworrenste Zeug, das ich je gehört habe!»

«Ich denke auch, du hörst jetzt lieber auf», meinte der Greif, und Alice ließ sich das nicht zweimal sagen.

'Shall we try another figure of the Lobster-Quadrille?' the Gryphon went on. 'Or would you like
the Mock Turtle to sing you another song?'

'Oh, a song, please, if the Mock Turtle would be so
kind,' Alice replied, so eagerly that the Gryphon said,
in a rather offended tone, 'Hm! No accounting for
tastes! Sing her "Turtle Soup," will you, old fellow?'

The Mock Turtle sighed deeply, and began, in a
voice choked with sobs, to sing this:

'Beautiful Soup, so rich and green,
Waiting in a hot tureen!
Who for such dainties would not stoop?
Soup of the evening, beautiful Soup!
Soup of the evening, beautiful Soup!
  Beau – ootiful Soo – oop!
  Beau – ootiful Soo – oop!
Soo – oop of the e – e – evening,
  Beautiful, beautiful Soup!

'Beautiful Soup! Who cares for fish,
Game, or any other dish?
Who would not give all else for two p
ennyworth only of beautiful Soup?
Pennyworth only of beautiful Soup?
  Beau – ootiful Soo – oop!
  Beau – ootiful Soo – oop!
Soo – oop of the e – e – evening,
  Beautiful, beauti – FUL SOUP!'

'Chorus again!' cried the Gryphon, and the Mock Turtle had just begun to repeat it, when a cry of 'The
trial's beginning!' was heard in the distance.

'Come on!' cried the Gryphon, and, taking Alice by
the hand, it hurried off, without waiting for the end
162 of the song.
163 'What trial is it?' Alice panted as she ran; but the

«Sollen wir dir noch eine andere Figur der Hummer-Quadrille vorführen?» fragte der Greif dann. «Oder möchtest du,
daß die Suppenschildkröte dir noch ein Lied vorsingt?»

«Oh ja, ein Lied bitte, wenn es der Suppenschildkröte
recht ist», bat Alice, und zwar so begeistert, daß der Greif
ziemlich gekränkt sagte: «Na, die Geschmäcker sind halt ver-
schieden. Dann sing ihr mal die ‹Schildkrötensuppe› vor,
Alte.»

Die Suppenschildkröte seufzte tief und sang mit tränener-
stickter Stimme das folgende Lied:

> Köstliche Suppe, heiße, grüne,
> Wie sie dampft in der Terrine!
> Wem wär'n da andere Speisen nicht schnuppe?
> Suppe des Abends, oh köstliche Suppe!
> Suppe des Abends, oh köstliche Suppe!
> > Kö-höstliche Su-huppe!
> > Kö-höstliche Su-huppe!
> Su-huppe des A-habends,
> > Köstliche, köstliche Suppe!

> Köstliche Suppe! Wer mag Fisch
> Oder sonstwas auf dem Tisch,
> Hat er die Wahl einer heißen, blubbe-
> rnden, dampfenden, himmlischen, köstlichen Suppe!
> Dampfende, himmlische, köstliche Suppe!
> > Kö-höstliche Su-huppe!
> > Kö-höstliche Su-huppe!
> Su-huppe des A-habends,
> > Köstliche, köst-liiiche suppe!

«Und den Refrain nochmal!» rief der Greif, aber kaum hatte
die Suppenschildkröte damit begonnen, da ertönte in der
Ferne der Ruf: «Der Prozeß beginnt!»

«Komm mit!» rief der Greif, nahm Alice bei der Hand
und rannte auch schon los, ohne das Ende des Liedes abzu-
warten.

«Welcher Prozeß denn?» keuchte Alice, während sie so

Gryphon only answered 'Come on!' and ran the faster, while more and more faintly came, carried on the breeze that followed them, the melancholy words:

'Soo – oop of the e – e – evening,
Beautiful, beautiful Soup!'

rannten, aber der Greif sagte nur «Komm mit!» und lief
noch schneller, während der Wind ihnen die immer schwä-
cher werdenden, wehmütigen Worte nachtrug:

Su-huppe des A-habends,
    Köstliche, köstliche Suppe!

Chapter XI: Who Stole the Tarts?

Elftes Kapitel: Wer war der Tortendieb?

The King and Queen of Hearts were seated on their throne when they arrived, with a great crowd assembled about them – all sorts of little birds and beasts, as well as the whole pack of cards: the Knave was standing before them, in chains, with a soldier on each side to guard him; and near the King was the White Rabbit, with a trumpet in one hand, and a scroll of parchment in the other. In the very middle of the court was a table, with a large dish of tarts upon it: they looked so good, that it made Alice quite hungry to look at them – 'I wish they'd get the trial done,' she thought, 'and hand round the refreshments!' But there seemed to be no chance of this; so she began looking at everything about her to pass away the time.

Alice had never been in a court of justice before, but she had read about them in books, and she was quite pleased to find that she knew the name of nearly everything there. 'That's the judge,' she said to herself, 'because of his great wig.'

Herzkönig und Herzkönigin saßen, als Alice und der Greif eintrafen, schon auf ihrem Thron, und um sie herum hatte sich eine große Menge von Vögeln und Tieren sowie das gesamte Kartenspiel versammelt. Vor ihnen stand, mit Ketten gefesselt und von zwei Soldaten bewacht, der Herzbube, und neben dem König befand sich das Weiße Kaninchen, in der einen Hand eine Trompete und in der andern eine Pergamentrolle. Genau in der Mitte des Gerichtssaals stand ein Tisch und auf diesem eine große Platte mit Törtchen, die so lecker aussahen, daß Alice schon vom Betrachten ganz hungrig wurde und dachte: «Wenn sie sich doch nur mit der Verhandlung beeilten und endlich Tee und Kuchen herumreichten!» Damit schien es aber noch gute Weile zu haben, und um sich die Zeit zu vertreiben, sah sich Alice nun genauer um.

Sie war noch nie in einem Gerichtssaal gewesen, aber aus Büchern wußte sie etwas darüber und war sehr stolz, als sie merkte, daß sie fast alles dort benennen konnte. «Das ist der Richter», sagte sie zu sich, «wegen seiner großen Perücke.»

The judge, by the way, was the King; and, as he wore his crown over the wig, he did not look at all comfortable, and it was certainly not becoming.

'And that's the jury-box,' thought Alice; 'and those twelve creatures,' (she was obliged to say 'creatures,' you see, because some of them were animals, and some were birds,) 'I suppose they are the jurors.' She said this last word two or three times over to herself, being rather proud of it: for she thought, and rightly too, that very few little girls of her age knew the meaning of it at all. However, 'jurymen' would have done just as well.

The twelve jurors were all writing very busily on slates. 'What are they doing?' Alice whispered to the Gryphon. 'They ca'n't have anything to put down yet, before the trial's begun.'

'They're putting down their names,' the Gryphon whispered in reply, 'for fear they should forget them before the end of the trial.'

'Stupid things!' Alice began in a loud indignant voice; but she stopped herself hastily, for the White Rabbit cried out 'Silence in the court!', and the King put on his spectacles and looked anxiously round, to make out who was talking.

Alice could see, as well as if she were looking over their shoulders, that all the jurors were writing down 'Stupid things!' on their slates, and she could even make out that one of them didn't know how to spell 'stupid,' and that he had to ask his neighbour to tell him. 'A nice muddle their slates'll be in, before the trial's over!' thought Alice.

One of the jurors had a pencil that squeaked. This, of course, Alice could *not* stand, and she went round the court and got behind him, and very soon found an opportunity of taking it away. She did it so quickly that the poor little juror (it was Bill, the Lizard) could
not make out at all what had become of it; so, after hunting all about for it, he was obliged to write with

Der Richter war übrigens der König selbst, der über der Perücke auch noch seine Krone trug, was ihm sichtlich unbequem war und auch gar nicht gut stand.

«Und das da ist die Geschworenenbank», dachte Alice, «und diese zwölf Pelz- und Federtiere» (diesen Ausdruck gebrauchte sie, weil es sich teils um Vierbeiner, teils um Vögel handelte) «sind dann wohl die Geschworenen.» Dieses Wort sagte sie noch ein paarmal vor sich hin, da sie stolz darauf war, ein Wort zu kennen, von dem sie – zu recht – annahm, daß die meisten Mädchen ihres Alters es noch nicht einmal gehört hatten. Freilich hätte sie auch einfach «Schöffen» sagen können.

Die zwölf Geschworenen waren eifrig dabei, etwas auf Schiefertafeln zu schreiben. «Was machen sie denn da?» flüsterte Alice dem Greifen zu. «Es gibt doch noch gar nichts aufzuschreiben, ehe der Prozeß begonnen hat.»

«Sie schreiben sich ihren Namen auf», flüsterte der Greif zurück, «damit sie ihn ja nicht wieder vergessen, bevor die Verhandlung vorüber ist.»

«Dummköpfe!» sagte die empörte Alice laut, verstummte dann aber sofort, denn das Weiße Kaninchen rief «Ruhe im Gerichtssaal!» und der König setzte seine Brille auf, um den Störenfried ausfindig zu machen.

Alice sah genau – es war, als könnte sie den Geschworenen über die Schulter blicken –, daß sie alle das Wort «Dummköpfe» auf ihre Tafeln schrieben, und sie merkte sogar, daß einer nicht wußte, wie man das buchstabiert, und deshalb seinen Nachbarn fragen mußte. «Die werden ein schönes Durcheinander auf ihren Tafeln haben, wenn der Prozeß zu Ende ist!» dachte Alice.

Einer der Geschworenen hatte einen Griffel, der quietschte. Das konnte Alice beim besten Willen nicht ertragen, und so ging sie durch den Saal, stellte sich hinter den Betreffenden und nahm ihm bei der ersten Gelegenheit den Griffel weg. Sie tat das so geschwind, daß der arme kleine Geschworene (es war Bill, die Eidechse) gar nicht begriff, wie ihm geschah; und als er seinen Griffel nirgends finden konnte, sah er sich genötigt, mit einem Finger weiterzu-

one finger for the rest of the day; and this was of very little use, as it left no mark on the slate.

'Herald, read the accusation!' said the King.

On this the White Rabbit blew three blasts on the trumpet, and then unrolled the parchment-scroll, and read as follows:

> 'The Queen of Hearts, she made some tarts,
>   All on a summer day:
> The Knave of Hearts, he stole those tarts
>   And took them quite away!'

'Consider your verdict,' the King said to the jury.

'Not yet, not yet!' the Rabbit hastily interrupted. 'There's a great deal to come before that!'

'Call the first witness,' said the King; and the White Rabbit blew three blasts on the trumpet, and called out 'First witness!'

The first witness was the Hatter. He came in with a teacup in one hand and a piece of bread-and-butter in the other. 'I beg pardon, your Majesty,' he began, 'for bringing these in; but I hadn't quite finished my tea when I was sent for.'

'You ought to have finished,' said the King. 'When did you begin?'

The Hatter looked at the March Hare, who had followed him into the court, arm-in-arm with the Dormouse. 'Fourteenth of March, I *think* it was,' he said.

'Fifteenth,' said the March Hare.

'Sixteenth,' said the Dormouse.

'Write that down,' the King said to the jury; and the jury eagerly wrote down all three dates on their slates, and then added them up, and reduced the answer to shillings and pence.

'Take off your hat,' the King said to the Hatter.

'It isn't mine,' said the Hatter.

'*Stolen!*' the King exclaimed, turning to the jury, who instantly made a memorandum of the fact.

schreiben. Aber da dieser auf der Tafel keine Spur hinterließ, war das wenig sinnvoll.

«Herold, verlies die Anklage!» befahl der König.

Daraufhin stieß das Weiße Kaninchen dreimal in seine Fanfare, rollte die Pergamentrolle auf und verlas das Folgende:

> «Herzkönigin buk Törtchen
> An einem Sommertag;
> Herzbube stahl die Törtchen
> Frech, dreist und gar nicht zag.»

«Wie lautet euer Urteil?» fragte der König die Geschworenen.

«Noch nicht, noch nicht!» rief das Kaninchen dazwischen. «Erst kommt noch verschiedenes andere.»

«Ruf den ersten Zeugen», sagte der König. Das Weiße Kaninchen tat drei Fanfarenstöße und rief: «Erster Zeuge!»

Der erste Zeuge war der Hutmacher. Beim Eintreten hielt er eine Teetasse in der einen Hand und ein Butterbrot in der anderen. «Ich bitte um Entschuldigung, Majestät», fing er an, «daß ich das hier mitbringe, aber ich war noch beim Teetrinken, als ich vorgeladen wurde.»

«Du müßtest längst fertig sein», sagte der König. «Wann hast du denn angefangen?»

Der Hutmacher sah zum Märzhasen hin, der ihm Arm in Arm mit der Haselmaus in den Gerichtssaal gefolgt war. «Ich glaube, es war der vierzehnte März», sagte er.

«Der fünfzehnte», sagte der Märzhase.

«Der sechzehnte», sagte die Haselmaus.

«Schreibt euch das auf», sagte der König zu den Geschworenen, und die notierten sich eifrig alle drei Daten auf ihren Tafeln, addierten sie und rechneten dann die Summe in Shilling und Pence um.

«Nimm deinen Hut ab», sagte der König zum Hutmacher.

«Das ist nicht mein Hut», sagte der Hutmacher.

«Also gestohlen!» rief der König aus und sah die Geschworenen an, die diese Tatsache sogleich protokollierten.

'I keep them to sell,' the Hatter added as an explanation. 'I've none of my own. I'm a hatter.'

Here the Queen put on her spectacles, and began staring hard at the Hatter, who turned pale and fidgeted.

'Give your evidence,' said the King; 'and don't be nervous, or I'll have you executed on the spot.'

This did not seem to encourage the witness at all: he kept shifting from one foot to the other, looking uneasily at the Queen, and in his confusion he bit a large piece out of his teacup instead of the bread-and-butter.

Just at this moment Alice felt a very curious sensation, which puzzled her a good deal until she made out what it was: she was beginning to grow larger again, and she thought at first she would get up and leave the court; but on second thoughts she decided to remain where she was as long as there was room for her.

'I wish you wouldn't squeeze so,' said the Dormouse, who was sitting next to her. 'I can hardly breathe.'

'I ca'n't help it,' said Alice very meekly: 'I'm growing.'

'You've no right to grow *here*,' said the Dormouse.

'Don't talk nonsense,' said Alice more boldly: 'you know you're growing too.'

'Yes, but *I* grow at a reasonable pace,' said the Dormouse: 'not in that ridiculous fashion.' And he got up very sulkily and crossed over to the other side of the court.

All this time the Queen had never left off staring at the Hatter, and, just as the Dormouse crossed the court, she said, to one of the officers of the court, 'Bring me the list of the singers in the last concert!' on which the wretched Hatter trembled so, that he shook off both his shoes.

172 'Give your evidence,' the King repeated angrily, 'or
173 I'll have you executed, whether you're nervous or not.'

«Ich habe Hüte nur zum Verkauf», fügte der Hutmacher erklärend hinzu, «aber mir gehört keiner. Ich bin Hutmacher.»

Hier setzte die Königin ihre Brille auf und musterte unverwandt den Hutmacher, der davon ganz bleich und zappelig wurde.

«Mach deine Aussage», sagte der König, «und halt still, sonst lasse ich dich auf der Stelle köpfen.»

Das schien den Zeugen durchaus nicht zu beruhigen. Er trat von einem Bein aufs andere, schielte ängstlich nach der Königin und biß vor Aufregung ein großes Stück von der Teetasse anstatt von seinem Butterbrot ab.

Alice wurde auf einmal sehr sonderbar zumute, und anfangs wußte sie gar nicht, was es war; dann aber merkte sie, daß sie wieder größer wurde. Zuerst wollte sie aufstehen und den Gerichtssaal verlassen, aber dann überlegte sie es sich anders und beschloß sitzen zu bleiben, solange sie noch Platz hatte.

«Mach dich doch nicht so breit», sagte die Haselmaus, die neben ihr saß. «Ich kriege ja kaum noch Luft.»

«Ich kann leider nichts dafür», sagte Alice verschämt. «Ich wachse nämlich.»

«Du hast aber nicht das Recht, ausgerechnet hier zu wachsen!» sagte die Haselmaus.

«Rede gefälligst kein dummes Zeug!» entgegnete Alice, schon kühner werdend. «Du wächst ja selber.»

«Ja, aber doch langsamer», sagte die Haselmaus, «und nicht mit dieser lächerlichen Geschwindigkeit.» Und mit beleidigter Miene stand sie auf und ging zur anderen Seite des Saales hinüber.

Unterdessen hatte die Königin den Hutmacher unentwegt angestarrt, und während die Haselmaus den Saal durchquerte, sagte sie nun zu einem der Gerichtsdiener: «Bring mir die Liste der Sänger vom letzten Konzert!» Worauf der unglückliche Hutmacher so zu schlottern begann, daß er beide Schuhe verlor.

«Mach deine Aussage», wiederholte der König finster, «sonst lasse ich dich köpfen, ob du aufgeregt bist oder nicht.»

'I'm a poor man, your Majesty,' the Hatter began, in a trembling voice, 'and I hadn't begun my tea – not above a week or so – and what with the bread-and-butter getting so thin – and the twinkling of the tea –'

'The twinkling of *what*?' said the King.

'It *began* with the tea,' the Hatter replied.

'Of course twinkling *begins* with a T!' said the King sharply. 'Do you take me for a dunce? Go on!'

'I'm a poor man,' the Hatter went on, 'and most things twinkled after that – only the March Hare said –'

'I didn't!' the March Hare interrupted in a great hurry.

'You did!' said the Hatter.

'I deny it!' said the March Hare.

'He denies it,' said the King: 'leave out that part.'

'Well, at any rate, the Dormouse said –' the Hatter went on, looking anxiously round to see if he would deny it too; but the Dormouse denied nothing, being fast asleep.

'After that,' continued the Hatter, 'I cut some more bread-and-butter –'

'But what did the Dormouse say?' one of the jury asked.

'That I ca'n't remember,' said the Hatter.

'You *must* remember,' remarked the King, 'or I'll have you executed.'

The miserable Hatter dropped his teacup and bread-and-butter, and went down on one knee. 'I'm a poor man, your Majesty,' he began.

'You're a *very* poor *speaker*,' said the King.

Here one of the guinea-pigs cheered, and was immediately suppressed by the officers of the court. (As that is rather a hard word, I will just explain to you how it was done. They had a large canvas bag, which tied up at the mouth with strings: into this they slipped the guinea-pig, head first, and then sat upon it.)

«Ich bin ein armer Mensch, Majestät», begann der Hutmacher mit zitternder Stimme, «und hatte mich eben zum Tee hingesetzt ... keine Woche ist's her ... und die Butterbrote werden immer dünner ... und husch-husch der Tee ...»

«Husch-husch – wie war das?» fragte der König.

«Es fing mit Tee an», sagte der Hutmacher.

«Natürlich fängt ‹Tee› mit einem T an!» sagte der König schneidend. «Für wie dumm hältst du mich? Weiter!»

«Ich bin ein armer Mensch», fuhr der Hutmacher fort, «und von da an huschte fast alles ... nur der Märzhase sagte ...»

«Das ist nicht wahr!» fiel ihm der Märzhase ins Wort.

«Doch ist es wahr!» behauptete der Hutmacher.

«Ich bestreite es!» sagte der Märzhase.

«Er bestreitet es», sagte der König. «Streicht das aus dem Protokoll.»

«Nun, die Haselmaus sagte jedenfalls ...» fuhr der Hutmacher fort und sah sich ängstlich nach der Haselmaus um, ob auch sie alles bestreiten wolle, aber sie bestritt nichts, denn sie schlief tief und fest.

«Danach», sagte der Hutmacher, «habe ich mir noch ein paar Butterbrote gemacht ...»

«Aber was hat denn die Haselmaus gesagt?» fragte einer der Geschworenen.

«Ich kann mich nicht erinnern», sagte der Hutmacher.

«Entweder du erinnerst dich», verkündete der König, «oder ich lasse dich köpfen.»

Der arme Hutmacher ließ Teetasse und Butterbrot fallen und sank auf die Knie. «Ich bin ein armer Mensch, Majestät!» begann er.

«Zumindest ein armseliger Redner», sagte der König.

Bei diesen Worten brach eins der Meerschweinchen in Hochrufe aus, aber die Gerichtsdiener stellten die Ruhe augenblicklich wieder her. (Da ihr diesen Ausdruck vielleicht nicht kennt, will ich euch sagen, wie das vor sich ging. Sie nahmen einen großen Sack, den man zuschnüren konnte, steckten das Meerschweinchen kopfüber hinein und setzten sich dann obendrauf.)

'I'm glad I've seen that done,' thought Alice. 'I've so often read in the newspapers, at the end of trials, "There was some attempt at applause, which was immediately suppressed by the officers of the court," and I never understood what it meant till now.'

'If that's all you know about it, you may stand down,' continued the King.

'I ca'n't go no lower,' said the Hatter: 'I'm on the floor, as it is.'

'Then you may *sit* down,' the King replied.

Here the other guinea-pig cheered, and was suppressed.

'Come, that finishes the guinea-pigs!' thought Alice. 'Now we shall get on better.'

'I'd rather finish my tea,' said the Hatter, with an anxious look at the Queen, who was reading the list of singers.

'You may go,' said the King, and the Hatter hurriedly left the court, without even waiting to put his shoes on.

'– and just take his head off outside,' the Queen added to one of the officers; but the Hatter was out of sight before the officer could get to the door.

'Call the next witness!' said the King.

The next witness was the Duchess's cook. She carried the pepper-box in her hand, and Alice guessed who it was, even bevore she got into the court, by the way the people near the door began sneezing all at once.

'Give your evidence,' said the King.

'Sha'n't,' said the cook.

The King looked anxiously at the White Rabbit, who said, in a low voice, 'Your Majesty must cross-examine *this* witness.'

'Well, if I must, I must,' the King said with a melancholy air, and, after folding his arms and frown-
176 ing at the cook till his eyes were nearly out of sight,
177 he said, in a deep voice, 'What are tarts made of?'

«Ich bin froh, daß ich das mal miterlebt habe», dachte Alice. «Wie oft habe ich schon in der Zeitung gelesen, bei der Urteilsverkündung hätten die Zuhörer geklatscht, ‹aber die Gerichtsdiener stellten die Ruhe augenblicklich wieder her›, und nie wußte ich, was das bedeutet.»

«Wenn du zur Sache weiter nichts weißt, kannst du jetzt abtreten», sagte der König.

«Wohin denn *ab*treten?» fragte der Hutmacher. «Ich stehe doch schon zu ebener Erde.»

«Dann setz dich eben hin», erwiderte der König.

Daraufhin brach das zweite Meerschweinchen in Hochrufe aus, und wieder wurde die Ruhe hergestellt.

«Damit wären wir die Meerschweinchen los!» dachte Alice. «Nun wird's schneller vorangehen.»

«Ich würde aber lieber meinen Tee zu Ende trinken», sagte der Hutmacher mit einem ängstlichen Blick auf die Königin, die noch immer die Liste der Sänger studierte.

«Du kannst gehen», sagte der König, und der Hutmacher rannte so schnell aus dem Saal, daß er nicht einmal mehr seine Schuhe anzog.

«... und macht ihn draußen um einen Kopf kürzer», wies die Königin einen der Gerichtsdiener an, doch bevor dieser die Tür erreichte, war der Hutmacher schon über alle Berge.

«Ruft den nächsten Zeugen!» sagte der König.

Der nächste Zeuge war die Köchin der Herzogin. Sie trug die Pfefferdose in der Hand, und Alice ahnte schon, wer da käme, noch ehe sie in den Gerichtssaal hineinkam, denn in der Nähe der Tür fingen auf einmal alle an zu niesen.

«Mach deine Aussage», forderte der König sie auf.

«Ich mag nicht», sagte die Köchin.

Fragend sah sich der König nach dem Weißen Kaninchen um, das ihm leise zuflüsterte: «Diese Zeugin müssen Majestät ins Kreuzverhör nehmen.»

«Nun, was sein muß, muß sein», sagte der König ergeben, verschränkte seine Arme, zog die Augenbrauen so dicht zusammen, daß seine Augen fast nicht mehr zu sehen waren, und fragte mit tiefer Stimme: «Woraus werden Törtchen gemacht?»

'Pepper, mostly,' said the cook.

'Treacle,' said a sleepy voice behind her.

'Collar that Dormouse!' the Queen shrieked out. 'Behead that Dormouse! Turn that Dormouse out of court! Suppress him! Pinch him! Off with his whiskers!'

For some minutes the whole court was in confusion, getting the Dormouse turned out, and, by the time they had settled down again, the cook had disappeared.

'Never mind!' said the King, with an air of great relief. 'Call the next witness.' And, he added, in an undertone to the Queen, 'Really, my dear, *you* must cross-examine the next witness. It quite makes my forehead ache!'

Alice watched the White Rabbit as he fumbled over the list, feeling very curious to see what the next witness would be like, '– for they haven't got much evidence *yet*,' she said to herself. Imagine her surprise, when the White Rabbit read out, at the top of his shrill little voice, the name 'Alice!'

«Hauptsächlich aus Pfeffer», sagte die Köchin.

«Sirup», sagte eine schläfrige Stimme hinter ihr.

«Packt die Haselmaus!» schrie die Königin. «Runter mit ihrem Kopf! Weist sie aus dem Gerichtssaal! Stellt die Ruhe wieder her! Zwickt sie! Ab mit ihrem Schnurrbart!»

Einige Minuten lang herrschte ein wirres Durcheinander, bis man die Haselmaus aus dem Saal entfernt hatte, und als endlich wieder Ruhe einkehrte, war die Köchin verschwunden.

«Macht nichts», sagte der König sehr erleichtert. «Ruft den nächsten Zeugen!» Und zur Königin gewandt fügte er leise hinzu: «Den nächsten Zeugen mußt du bitte ins Kreuzverhör nehmen, meine Liebe. Ich bekomme davon schreckliche Kopfschmerzen.»

Alice sah, wie das Weiße Kaninchen auf der Liste herumfingerte, und war sehr gespannt, wie es mit dem nächsten Zeugen gehen werde, «... denn viel Beweismaterial haben sie bis jetzt nicht beisammen», dachte sie. Wer beschreibt daher ihre Überraschung, als das Weiße Kaninchen mit schriller Stimme rief: «Alice!»

Chapter XII: Alice's Evidence

Zwölftes Kapitel: Alice sagt aus

'Here!' cried Alice, quite forgetting in the flurry of the moment how large she had grown in the last few minutes, and she jumped up in such a hurry that she tipped over the jury-box with the edge of her skirt, upsetting all the jurymen on to the heads of the crowd below, and there they lay sprawling about, reminding her very much of a globe of gold-fish she had accidentally upset the week before.

'Oh, I *beg* your pardon!' she exclaimed in a tone of great dismay, and began picking them up again as quickly as she could, for the accident of the gold-fish kept running in her head, and she had a vague sort of idea that they must be collected at once and put back into the jury-box, or they would die.

180
181

«Hier!» rief Alice und vergaß vor Aufregung ganz, wie sehr sie in den letzten Minuten gewachsen war. Sie sprang so hastig auf, daß sie mit dem Saum ihres Kleides die Geschworenenbank umwarf und die Geschworenen auf die weiter unten sitzende Versammlung purzelten. Alle viere von sich gestreckt lagen sie da, und Alice mußte unwillkürlich an das Goldfischglas denken, das sie in der vergangenen Woche versehentlich umgestoßen hatte.

«Oh, ich bitte um Verzeihung!» rief sie bestürzt und begann, so schnell sie konnte, die Tierchen aufzusammeln, denn das Mißgeschick mit den Goldfischen ging ihr noch im Kopf herum, und sie hatte die unbestimmte Vorstellung, daß es um die Geschworenen geschehen wäre, wenn man sie nicht sofort aufläse und auf ihre Bank zurücksetzte.

'The trial cannot proceed,' said the King, in a very grave voice, 'until all the jurymen are back in their proper places – *all*,' he repeated with great emphasis, looking hard at Alice as he said so.

Alice looked at the jury-box, and saw that, in her haste, she had put the Lizard in head downwards, and the poor little thing was waving its tail about in a melancholy way, being quite unable to move. She soon got it out again, and put it right; 'not that it signifies much,' she said to herself; 'I should think it would be *quite* as much use in the trial one way up as the other.'

As soon as the jury had a little recovered from the shock of being upset, and their slates and pencils had been found and handed back to them, they set to work very diligently to write out a history of the accident, all except the Lizard, who seemed too much overcome to do anything but sit with its mouth open, gazing up into the roof of the court.

'What do you know about this business?' the King said to Alice.

'Nothing,' said Alice.

'Nothing *whatever*?' persisted the King.

'Nothing whatever,' said Alice.

'That's very important,' the King said, turning to the jury. They were just beginning to write this down on their slates, when the White Rabbit interrupted: '*Un*important, your Majesty means, of course,' he said, in a very respectful tone, but frowning and making faces at him as he spoke.

'*Un*important, of course, I meant,' the King hastily said, and went on to himself in an undertone, 'important – unimportant – unimportant – important –' as if he were trying which word sounded best.

Some of the jury wrote it down 'important,' and some 'unimportant.' Alice could see this, as she was near enough to look over their slates; 'but it doesn't matter a bit,' she thought to herself.

«Die Verhandlung kann erst fortgesetzt werden», erklärte der König mit sehr ernster Stimme, «wenn alle Geschworenen wieder richtig auf ihren Plätzen sitzen – *alle*», wiederholte er mit Nachdruck und sah Alice dabei streng an.

Alice warf einen Blick auf die Geschworenenbank und entdeckte, daß sie in der Hast die Eidechse mit dem Kopf nach unten so plaziert hatte, daß sie weder vor noch zurück konnte und ganz traurig mit dem Schwanz wackelte. Schnell hatte sie das arme Ding befreit und richtig hingesetzt. «Nicht, daß das viel ausmacht», dachte Alice. «Sie trägt so oder so nicht viel zu diesem Prozeß bei.»

Sobald sich die Geschworenen ein wenig von ihrem Schrecken erholt hatten und ihre Tafeln und Griffel wieder zusammengesucht und richtig verteilt waren, machten sie sich emsig daran, einen Bericht über diesen Zwischenfall zu verfassen – alle mit Ausnahme der Eidechse, die anscheinend so erschüttert war, daß sie nur noch mit offenem Mund dasitzen und an die Decke starren konnte.

«Was weißt du von dieser Angelegenheit?» fragte der König Alice.

«Nichts», antwortete Alice.

«Gar nichts?» forschte der König.

«Gar nichts», wiederholte Alice.

«Das ist äußerst wichtig!» sagte der König zu den Geschworenen gewandt, und diese wollten es gerade auf ihren Tafeln festhalten, als das Weiße Kaninchen einfiel. «*Un*wichtig wollten Majestät natürlich sagen», bemerkte es in ehrerbietigem Ton, sah dabei aber finster drein und schnitt allerhand Gesichter.

«*Un*wichtig wollte ich natürlich sagen», verbesserte sich der König rasch und murmelte dann vor sich hin: «Wichtig – unwichtig – unwichtig – wichtig...», als wollte er feststellen, welches Wort besser klinge.

Einige Geschworene schrieben «wichtig» hin, andere «unwichtig». Alice konnte es genau beobachten, denn sie stand dicht bei ihnen und konnte auf ihre Tafeln sehen. «Aber das ist ja einerlei», dachte sie im stillen.

At this moment the King, who had been for some time busily writing in his note-book, called out 'Silence!', and read out from his book, 'Rule Forty-two. *All persons more than a mile high to leave the court.*'

Everybody looked at Alice.

'*I'm* not a mile high,' said Alice.

'You are,' said the King.

'Nearly two miles high,' added the Queen.

'Well, I sha'n't go, at any rate,' said Alice: 'besides, that's not a regular rule: you invented it just now.'

'It's the oldest rule in the book,' said the King.

'Then it ought to be Number One,' said Alice.

The King turned pale, and shut his note-book hastily. 'Consider your verdict,' he said to the jury, in a low trembling voice.

'There's more evidence to come yet, please your Majesty,' said the White Rabbit, jumping up in a great hurry: 'this paper has just been picked up.'

'What's in it?' said the Queen.

'I haven't opened it yet,' said the White Rabbit; 'but it seems to be a letter, written by the prisoner to – to somebody.'

'It must have been that,' said the King, 'unless it was written to nobody, which isn't usual, you know.'

'Who is it directed to?' said one of the jurymen.

'It isn't directed at all,' said the White Rabbit: 'in fact, there's nothing written on the *outside*.' He unfolded the paper as he spoke, and added 'It isn't a letter, after all: it's a set of verse.'

'Are they in the prisoner's handwriting?' asked another of the jurymen.

'No, they're not,' said the White Rabbit, 'and that's the queerest thing about it.' (The jury all looked puzzled.)

'He must have imitated somebody else's hand,' said the King. (The jury all brightened up again.)

'Please, your Majesty,' said the Knave, 'I didn't

In diesem Augenblick rief der König, der schon eine Weile etwas in sein Heft geschrieben hatte, «Ruhe!» und las dann aus seinem Heft vor: «Paragraph zweiundvierzig: Wer größer ist als eine Meile, muß den Gerichtssaal verlassen.»

Alle blickten auf Alice.

«Ich bin aber keine Meile groß», sagte Alice.

«Doch», sagte der König.

«Sogar fast zwei Meilen groß», behauptete die Königin.

«Jedenfalls bleibe ich», sagte Alice. «Außerdem ist das gar kein richtiges Gesetz. Sie haben es ja eben erst erfunden.»

«Es ist das älteste Gesetz von allen», sagte der König.

«Dann müßte es Paragraph eins heißen», meinte Alice.

Der König erbleichte und klappte sein Heft schnell zu. «Wie lautet euer Urteil?» fragte er die Geschworenen mit leiser, zitternder Stimme.

«Es liegt noch ein weiteres Beweisstück vor, mit Verlaub, Majestät», sagte das Weiße Kaninchen, das rasch aufgesprungen war. «Dieses Schreiben ist soeben gefunden worden.»

«Was steht darin?» fragte die Königin.

«Ich habe es noch nicht geöffnet», sagte das Weiße Kaninchen, «aber anscheinend handelt es sich um einen Brief, den der Angeklagte an . . . an irgendjemand geschrieben hat.»

«So muß es gewesen sein», sagte der König, «es sei denn, er hat ihn an niemanden geschrieben, was aber selten ist.»

«An wen ist er gerichtet?» fragte ein Geschworener.

«Er trägt keine Adresse», antwortete das Weiße Kaninchen. «Außen steht überhaupt nichts darauf.» Dabei faltete es das Schreiben auseinander und sagte dann: «Es ist gar kein Brief, sondern ein Gedicht.»

«In der Handschrift des Angeklagten?» fragte ein zweiter Geschworener.

«Nein», sagte das Weiße Kaninchen, «das ist ja das Merkwürdige daran.» (Die Geschworenen machten ratlose Gesichter.)

«Dann hat er sicherlich eine fremde Handschrift nachgeahmt», sagte der König. (Die Gesichter der Geschworenen hellten sich auf.)

«Mit Verlaub, Majestät», sagte der Herzbube, «ich habe

write it, and they ca'n't prove that I did: there's no name signed at the end.'

'If you didn't sign it,' said the King, 'that only makes the matter worse. You *must* have meant some mischief, or else you'd have signed your name like an honest man.'

There was a general clapping of hands at this: it was the first really clever thing the King had said that day.

'That *proves* his guilt, of course,' said the Queen: 'so, off with –.'

'It doesn't prove anything of the sort!' said Alice. 'Why, you don't even know what they're about!'

'Read them,' said the King.

The White Rabbit put on his spectacles. 'Where shall I begin, please your Majesty,' he asked.

'Begin at the beginning,' the King said, very gravely, 'and go on till you come to the end: then stop.'

There was dead silence in the court, whilst the White Rabbit read out these verses:

> 'They told me you had been to her,
>   And mentioned me to him:
> She gave me a good character,
>   But said I could not swim.
>
> He sent them word I had not gone
>   (We know it to be true):
> If she should push the matter on,
>   What would become of you?
>
> I gave her one, they gave him two,
>   You gave us three or more;
> They all returned from him to you,
>   Though they were mine before.
>
> If I or she should chance to be
>   Involved in this affair,

das da nicht geschrieben. Keiner kann mir das beweisen. Es steht ja keine Unterschrift darunter.»

«Daß du nicht unterschrieben hast», sagte der König, «macht die Sache nur noch schlimmer. Du mußt ja Böses im Schilde geführt haben, sonst hättest du deinen Namen daruntergesetzt wie ein ehrlicher Mann.»

Alles klatschte Beifall: Das war die erste wirklich kluge Bemerkung, die der König an diesem Tag gemacht hatte.

«Damit ist seine Schuld bewiesen», sagte die Königin. «Deshalb runter mit...»

«Gar nichts ist damit bewiesen!» rief Alice. «Ihr wißt ja noch nicht einmal, was darin steht.»

«Lies vor», sagte der König.

Das Weiße Kaninchen setzte seine Brille auf. «Mit Verlaub, Majestät, wo soll ich anfangen?»

«Fange am Anfang an», sagte der König mit großem Ernst, «und lies weiter, bis du ans Ende kommst, dann höre auf.»

Es war totenstill im Gerichtssaal, als das Weiße Kaninchen das folgende Gedicht vorlas:

> Du sprachst bei ihr zu ihm von mir,
>   So hörte ich es sagen.
> Ich würde, sagte sie zu dir,
>   Niemals zu schwimmen wagen.
>
> Ich sei, versichert er, noch hier
>   (Wir wissen, daß es stimmt),
> Doch was, frag ich mich, wird aus dir,
>   Wenn sie das übernimmt?
>
> Ich gab ihr eins, du gabst uns zwei,
>   Sie gaben drei und mehr;
> Doch kam zurück so mancherlei,
>   Was mir gehört vorher.
>
> Falls du und ich in den Skandal
>   Verwickelt werden sollten,

He trusts to you to set them free,
　　Exactly as we were.

My notion was that you had been
　　(Before she had this fit)
An obstacle that came between
　　Him, and ourselves, and it.

Don't let him know she liked them best,
　　For this must ever be
A secret, kept from all the rest,
　　Between yourself and me.'

'That's the most important piece of evidence we've heard yet,' said the King, rubbing his hands; 'so now let the jury –'

'If any one of them can explain it,' said Alice, (she had grown so large in the last few minutes that she wasn't a bit afraid of interrupting him,) 'I'll give him sixpence. *I* don't believe there's an atom of meaning in it.'

The jury all wrote down, on their slates, '*She* doesn't believe there's an atom of meaning in it,' but none of them attempted to explain the paper.

'If there's no meaning in it,' said the King, 'that saves a world of trouble, you know, as we needn't try to find any. And yet I don't know,' he went on, spreading out the verses on his knee, and looking at them with one eye; 'I seem to see some meaning in them, after all. "– said I could not swim –" you ca'n't swim, can you?' he added, turning to the Knave.

The Knave shook his head sadly. 'Do I look like it?' he said. (Which he certainly did *not*, being made entirely of cardboard.)

'All right, so far,' said the King; and he went on muttering over the verses to himself: '"We know it to be true" – that's the jury, of course – "If she should push the matter on" – that must be the Queen –

Machst du, wie er es ihm empfahl,
Sie wieder unbescholten.

Ich dachte immer, du wärst der
(Bevor sie durchgedreht),
Der zwischen ihm und euch und ihr
Und allen andern steht.

Daß er nur uns und sie nur sie
Gemocht, darf keiner wissen,
Nur ich und du. Verrat es nie,
Auf Ehre und Gewissen!

«Das ist das entscheidende Beweisstück», sagte der König und rieb sich die Hände. «Die Geschworenen mögen nunmehr...»

«Wenn mir auch nur einer erklären kann, was das bedeuten soll», sagte Alice, die inzwischen so groß geworden war, daß es ihr gar nichts ausmachte, ihn zu unterbrechen, «dann gebe ich ihm Sixpence. Meiner Meinung nach ist darin von Sinn keine Spur.»

Die Geschworenen notierten auf ihren Tafeln: «Ihrer Meinung nach ist darin von Sinn keine Spur», aber keiner versuchte, ihr das Schriftstück zu erklären.

«Wenn es keinen Sinn hat», sagte der König, «erspart uns das natürlich viel Mühe, denn dann brauchen wir auch keinen zu suchen. Und doch...», fuhr er fort, indem er das Papier auf seinem Knie glattstrich und mit einem Auge auf das Gedicht sah, «mir scheint, daß doch ein Sinn darinsteckt. ‹Niemals zu schwimmen wagen...› Du kannst doch nicht schwimmen, oder?» fragte er den Herzbuben

Der Herzbube schüttelte traurig den Kopf. «Sehe ich etwa so aus?» fragte er. (Und das tat er wahrhaftig nicht, denn er war ja ganz aus Pappe.)

«So weit, so gut», sagte der König und las dann leise die nächsten Verse. «‹Wir wissen, daß es stimmt› – damit sind natürlich die Geschworenen gemeint – ‹Wenn sie das übernimmt› – das muß die Königin sein – ‹Was wird aus dir?› –

"What would become of you?" – What, indeed! – "I gave her one, they gave him two" – why, that must be what he did with the tarts, you know –'

'But it goes on "they all returned from him to you,"' said Alice.

'Why, there they are!' said the King triumphantly, pointing to the tarts on the table. 'Nothing can be clearer than *that*. Then again – "before she had this fit" – you never had *fits*, my dear, I think?' he said to the Queen.

'Never!' said the Queen, furiously, throwing an inkstand at the Lizard as she spoke. (The unfortunate little Bill had left off writing on his slate with one finger, as he found it made no mark; but he now hastily began again, using the ink, that was trickling down his face, as long as it lasted.)

'Then the words don't *fit* you,' said the King, looking round the court with a smile. There was a dead silence.

'It's a pun!' the King added in a angry tone, and everybody laughed. 'Let the jury consider their verdict,' the Kind said, for about the twentieth time that day.

'No, no!' said the Queen. 'Sentence first – verdict afterwards.'

'Stuff and nonsense!' said Alice loudly. 'The idea of having the sentence first!'

'Hold your tongue!' said the Queen, turning purple.

'I wo'n't!' said Alice.

'Off with her head!' the Queen shouted at the top of her voice. Nobody moved.

'Who cares for *you*?' said Alice (she had grown to her full size by this time). 'You're nothing but a pack of cards!'

At this the whole pack rose up into the air, and came flying down upon her; she gave a little scream, half of fright and half of anger, and tried to beat them off, and found herself lying on the bank, with her head

ja, das ist allerdings die Frage – ‹Ich gab ihr eins, du gabst uns zwei› – aha, das also hat er mit den Törtchen gemacht ... !»

«Aber es geht weiter ‹Doch kam zurück so mancherlei›», sagte Alice.

«Nun, da sind sie ja auch!» rief der König triumphierend und deutete auf die Törtchen auf dem Tisch. «Es ist doch sonnenklar. Und wieder heißt es ‹Bevor sie durchgedreht.› Hast du schon einmal durchgedreht, meine Liebe?» fragte er die Königin.

«Noch nie!» rief die Königin wütend und schleuderte ein Tintenfaß nach der Eidechse. (Der unglückliche Bill hatte mittlerweile gemerkt, daß sein Finger auf der Tafel keine Spur hinterließ, und mit dem Schreiben aufgehört; jetzt aber fing er wieder an und benutzte dazu die Tinte, die ihm über das Gesicht tröpfelte, solange sie vorhielt.)

«Dann kann es sich hier weder um dich noch durch dich drehen», sagte der König und sah sich schmunzelnd im Gerichtssaal um. Alles blieb totenstill.

«Das sollte ein Witz sein!» erklärte der König wütend, und alle lachten. «Die Geschworenen sollen nun ihr Urteil verkünden», sagte er dann zum ungefähr zwanzigsten Mal an diesem Tag.

«Nein, nein!» rief die Königin. «Erst die Strafe, dann das Urteil.»

«Dummes Zeug!» sagte Alice laut. «Erst die Strafe – wo gibt's denn so was!»

«Du hältst den Mund!» sagte die Königin rot vor Zorn.

«Ich denke gar nicht daran», sagte Alice.

«Runter mit ihrem Kopf!» schrie die Königin aus Leibeskräften. Niemand rührte sich.

«Wer hört denn schon auf euch?» sagte Alice, die nun wieder ihre volle Größe erlangt hatte. «Ihr seid doch nichts weiter als ein Kartenspiel!»

Bei diesen Worten erhoben sich die Spielkarten in die Luft und kamen auf sie zugeflattert. Halb erschrocken, halb ärgerlich stieß Alice einen leisen Schrei aus und versuchte, sie mit den Händen abzuwehren – und auf einmal merkte sie,

in the lap of her sister, who was gently brushing away some dead leaves that had fluttered down from the trees upon her face.

'Wake up, Alice dear!' said her sister. 'Why, what a long sleep you've had!'

'Oh, I've had such a curious dream!' said Alice. And she told her sister, as well as she could remember them, all these strange Adventures of hers that you have just been reading about; and, when she had finished, her sister kissed her, and said 'It *was* a curious dream, dear, certainly; but now run in to your tea: it's getting late.' So Alice got up and ran off, thinking while she ran, as well she might, what a wonderful dream it had been.

But her sister sat still just as she left her, leaning her head on her hand, watching the setting sun, and thinking of little Alice and all her wonderful Adventures, till she too began dreaming after a fashion, and this was her dream: –

First, she dreamed about little Alice herself: once again the tiny hands were clasped upon her knee, and the bright eager eyes were looking up into hers – she could hear the very tones of her voice, and see that queer little toss of her head to keep back the wandering hair that *would* always get into her eyes – and still as she listened, or seemed to listen, the whole place around her became alive with the strange creatures of her little sister's dream.

The long grass rustled at her feet as the White Rabbit hurried by – the frightened Mouse splashed his way through the neighbouring pool – she could hear the rattle of the teacups as the March Hare and his friends shared their never-ending meal, and the shrill voice of the Queen ordering off her unfortunate guests to execution – once more the pig-baby was sneezing on the Duchess's knee, while plates and dishes crashed around it – once more the shriek of the Gryphon, the

daß sie am Bachufer lag, den Kopf im Schoß ihrer Schwester, die ihr einige welke Blätter, die von den Bäumen gefallen waren, behutsam vom Gesicht strich.

«Wach auf, Alice!» sagte ihre Schwester. «Du hast aber lange geschlafen!»

«Ach, und ich hatte einen ganz seltsamen Traum», sagte Alice und erzählte ihrer Schwester, so gut sie sich erinnern konnte, die sonderbaren Erlebnisse, von denen ihr gerade gelesen habt. Und als sie damit fertig war, gab ihre Schwester ihr einen Kuß und sagte: «Das war wirklich ein seltsamer Traum. Aber nun lauf ins Haus, es wird Zeit für deinen Tee.» Alice stand also auf und rannte los, und während sie so lief, dachte sie – und sicherlich zu recht –, was für ein wunderschöner Traum es doch gewesen war.

Ihre Schwester aber blieb noch eine Weile sitzen. Den Kopf auf eine Hand gestützt, sah sie in die untergehende Sonne und dachte dabei an die kleine Alice und ihre wunderbaren Abenteuer, bis auch sie ein wenig ins Träumen kam.

Zuerst träumte sie von der kleinen Alice selbst und wie sie, ihre kleinen Hände über ihrem Knie gefaltet, mit lebhaft leuchtenden Augen in die ihren aufblickte. Sogar ihre Stimme konnte sie hören, und sie sah diese reizende kleine Kopfbewegung, mit der sie die Haarsträhne zurückwarf, die ihr immerzu in die Augen fiel – und während sie so lauschte oder zu lauschen glaubte, wurde es um sie her lebendig, und die sonderbaren Wesen aus dem Traum ihrer kleinen Schwester tauchten auf.

Es raschelte im hohen Gras zu ihren Füßen, und das Weiße Kaninchen eilte vorüber – die verängstigte Maus schwamm planschend durch den Teich in der Nähe – sie hörte das Klirren der Tassen, als der Märzhase und seine Freunde beim niemals endenden Nachmittagstee zusammensaßen, und die schrille Stimme, mit der die Königin die Hinrichtung ihrer unglücklichen Gäste befahl – noch einmal nieste das Ferkelkind auf den Knien der Herzogin, während ringsum Teller und Schüsseln in Scherben gingen – noch einmal war das Jauchzen des Greifen zu hören, das Quiet-

squeaking of the Lizard's slate-pencil, and the choking of the suppressed guinea-pigs, filled the air, mixed up with the distant sob of the miserable Mock Turtle.

So she sat on, with closed eyes, and half believed herself in Wonderland, though she knew she had but to open them again, and all would change to dull reality – the grass would be only rustling in the wind, and the pool rippling to the waving of the reeds – the rattling teacups would change to tinkling sheep-bells, and the Queen's shrill cries to the voice of the shepherd-boy – and the sneeze of the baby, the shriek of the Gryphon, and all the other queer noises, would change (she knew) to the confused clamour of the busy farm-yard – while the lowing of the cattle in the distance would take the place of the Mock Turtle's heavy sobs.

Lastly, she pictured to herself how this same little sister of hers would, in the after-time, be herself a grown woman; and how she would keep, through all her riper years, the simple and loving heart of her childhood; and how she would gather about her other little children, and make *their* eyes bright and eager with many a strange tale, perhaps even with the dream of Wonderland of long ago; and how she would feel with all their simple sorrow, and find a pleasure in all their simple joys, remembering her own child-life, and the happy summer days.

schen des Griffels, mit dem die Eidechse auf ihrer Tafel schrieb, und das Japsen des zum Schweigen gebrachten Meerschweinchens, und dazwischen das ferne Schluchzen der todtraurigen Suppenschildkröte.

So saß sie mit geschlossenen Augen da und glaubte fast, selber im Wunderland zu sein, und dabei wußte sie doch, daß sie ihre Augen nur wieder aufzumachen brauchte, und alles wäre so langweilig wie immer – es wäre nur der Wind, der im Gras raschelte, und das schwankende Schilf ließe die Wellen des Teichs plätschern – das Klirren der Teetassen würde sich in das Läuten von Schafsglöckchen verwandeln und die schrillen Schreie der Königin in die Rufe des Schäferjungen – und das Niesen des Kindes, das Jauchzen des Greifen und all die anderen seltsamen Laute, so wußte sie, würden wieder zu den vielfältigen Geräuschen eines Bauernhofs werden – während sich das heftige Schluchzen der Suppenschildkröte als das ferne Muhen von Kühen erwiese.

Zuletzt malte sie sich aus, wie diese kleine Schwester eines Tages einmal selber eine erwachsene Frau sein würde, die sich auch in reiferen Jahren noch die Schlichtheit und Liebe des kindlichen Herzens bewahrte; wie sie andere kleine Kinder um sich scharen und ihre Augen mit manch seltsamer Geschichte zum Glänzen bringen würde, vielleicht sogar mit dem Traum vom Wunderland aus früheren Tagen; und wie sie ihre kleinen Kümmernisse und ihre kleinen Freuden teilen und sich dabei an ihre eigene Kinderzeit erinnern würde und an die glücklichen Sommertage.

Seite 16, Zeile 27   *croquet* – Rasenspiel, bei dem Holzku-
geln mit langstieligen Hämmern durch kleine bogenför-
mige Tore geschlagen werden. Dabei muß man vielfach
die eigene Kugel mit der des Gegners zusammenprallen,
«krockieren» lassen.

Seite 24, Zeile 22   *How doth the little crocodile* – Wie auch
die im Text folgenden Gedichte ist dies eine Parodie auf
eines jener erbaulichen und belehrenden Gedichte, die vik-
torianische Kinder aus bürgerlichen Familien auswendig
lernen mußten. In diesem Fall ist die Vorlage «How doth
the little busy Bee» aus den *Divine Songs Attempted in
Easy Language for the Use of Children* (1715) des Hym-
nendichters Isaac Watts (1674–1748).

Seite 26, Zeile 3 v. u.   *bathing-machine* – Umkleidekabine
auf Rädern, die über den Strand bis ans Wasser gezogen
wurde, so daß man von dort direkt baden gehen konnte.

Seite 32, Zeile 3 v. u.   *Dodo, Lory, Eaglet* – Dodó oder
Dronte *(Didus ineptus)*, eine in der zweiten Hälfte des 17.
Jahrhunderts ausgerottete flugunfähige Riesentaube der
Insel Mauritius. Kopf und Fuß einer Dronte sind im Uni-
versitätsmuseum von Oxford zu sehen. Als Dodo bezeich-
nete sich Charles Dodgson, der an einem Sprachfehler litt,
auch selbst («Do-Do-Dodgson»).

Lori: eine Papageienart; der Name spielt auch auf Alice
Liddells Schwester Lorina an.

Eaglet (junger Adler) ist eine lautliche Anspielung auf
Alices Schwester Edith Liddell.

Seite 34 ff.   *caucus-race* – «Caucus» bezeichnet eigentlich
einen Parteiausschuß, wird hier aber als Nonsens-Wort
gebraucht.

Seite 40, Zeile 7 v. u.   *sad tale* – Das Wortspiel, das auf dem
Gleichklang von «tale» und «tail» beruht, läßt sich kaum
angemessen übersetzen.

Seite 48, Zeile 5 v. u. *Mary Ann* – Im 19. Jahrhundert ein gebräuchlicher Name für Dienstmädchen.

Seite 68, Zeile 8 *You are old, Father William* – Parodie auf das Gedicht «The Old Man's Comforts» (1799) von Robert Southey.

Seite 84, Zeile 8 v. u. *Cheshire-Cat* – Die Redensart «to grin like a Cheshire cat» bedeutet «breit grinsen»; ihr Ursprung ist unklar.

Seite 88, Zeile 6 *Speak roughly to your little boy* – Parodie auf das Gedicht «Speak Gently» (1848) von David Bates.

Seite 94, Zeile 8 v. u. *Hatter, March Hare* – Die Redensart «as mad as a hatter» bedeutet soviel wie «völlig verrückt». Sie ist eine Verballhornung des älteren Ausdrucks «mad as an adder», d. h. «giftig wie eine Kreuzotter». Da Hasen sich während der Paarungszeit im März besonders wild gebärden, entstand der Ausdruck «as mad as a March hare», der ebenfalls «völlig verrückt» bedeutet.

Seite 98, Zeile 3 *Dormouse* – Die Verschlafenheit der Haselmaus ist im Englischen sprichwörtlich.

Seite 100, Zeile 11 *Why is the raven...* – Auf diese Scherzfrage gibt es zahlreiche Antworten, z. B. «Because Poe wrote on both» (in Anspielung auf E. A. Poes Gedicht «The Raven»).

Seite 104, Zeile 13 *Time* – «to beat time» bedeutet «den Takt schlagen», «murdering the time» etwa «aus dem Takt geraten». Beide Wortspiele lassen sich nicht genau übertragen.

Seite 104, Zeile 2 v. u. *Twinkle, twinkle, little bat* – Parodie auf den Kindervers «Twinkle, twinkle, little star».

Seite 108, Zeile 13 *at the bottom of a well* – Mit dem Wort «well» wird ein Wortspiel verknüpft, das auf der Doppeldeutigkeit von «draw» (Wasser schöpfen bzw. zeichnen) beruht. Da dies im Deutschen nicht nachgebildet werden kann, ist in der Übersetzung von einer Mühle die Rede, in der die Schwestern mahlen bzw. malen.

Seite 116 ff. siehe Anmerkung zu Seite 16.

Seite 128, Zeile 16 *A cat may look at a king* – Redewendung, die besagt, daß auch hochgestellte Personen sich

den Umgang mit einfachen Leuten gefallen lassen müssen.

Seite 134 ff. *Mock Turtle* – «Mock turtle soup» ist eine aus Kalbfleisch, Wein und Gewürzen hergestellte Suppe, die der grünen Schildkrötensuppe (turtle soup) ähnelt (deshalb «mock»). «Mock turtle» ist ein davon abgeleitetes Nonsens-Wort.

Seite 136, Zeile 20 *Take care of the sense...* – Abwandlung des Sprichworts «Take care of the pence and the pounds will take care of themselves», das etwa dem deutschen «Wer den Pfennig nicht ehrt, ist des Talers nicht wert» entspricht.

Seite 138, Zeile 8 v. u. *pigs have to fly* – Anspielung auf die ironische Redensart «Pigs might fly», die soviel besagt wie «Unter gewissen (völlig unwahrscheinlichen) Voraussetzungen können auch Wunder geschehen».

Seite 142, Zeile 3 *Gryphon* – Fabelwesen, halb Löwe, halb Adler.

Seite 150, Zeile 1 *quadrille* – ein Tanz von vier oder mehr Personen, von denen sich je zwei zu zwei gegenüberstehen; im 19. Jahrhundert ein beliebtes Gesellschaftsspiel.

Seite 154, Zeile 4 *whiting* – Deutsch Weißling oder Wittling *(Gadus merlangus)*, eine bis 45 cm lange Art des Schellfischs. Da die im Text beschriebene Zubereitung dieses Fischs bei uns unbekannt ist, wurde für die Übersetzung der Rollmops gewählt.

Seite 156 An der mit (...) bezeichneten Stelle wurde eine Passage von etwa 30 Zeilen gekürzt, wegen unübersetzbarer Wortspiele.

Seite 158, Zeile 8 v. u. *'Tis the voice of the Lobster* – Parodie auf «The Sluggard» von Isaac Watts (s. o.).

Seite 170, Zeile 5 v. u. *shillings and pence* – Vor der Umstellung auf das Dezimalsystem im Jahre 1971 hatte ein englisches Pfund zwanzig Shilling und ein Shilling zwölf Pence.

Schon bald nach der Veröffentlichung von *Alice's Adventures in Wonderland* im Jahre 1865 gehörte es zu den am meisten gelesenen und vorgelesenen Büchern der englischen Kinderliteratur, und an seinem Status als Klassiker hat sich bis heute nichts geändert. Kaum ein Buch, sieht man einmal von der Bibel ab, ist in so viele Sprachen übersetzt worden. Gestalten wie der verrückte Hutmacher, das Weiße Kaninchen oder die häßliche Herzogin sind inzwischen in die angelsächsische Folklore und Mythologie eingegangen und nehmen es an Bekanntheit mit Falstaff und Sherlock Holmes auf. Zitate aus *Alice* sind längst fester Bestandteil des englischen Sprachschatzes und würzen so manche Leitartikel und öffentlichen Reden.

Der Autor dieses Buches hieß eigentlich Charles Lutwidge Dodgson. Er wurde 1832 in einem kleinen Ort im mittelenglischen Cheshire geboren, wo sein Vater Pfarrer war. Nach dem Besuch der renommierten Schule von Rugby und einem Mathematikstudium wurde er Dozent für Mathematik und Logik in Oxford. Daneben pflegte er vielseitige künstlerische und naturwissenschaftliche Interessen. So wandte er sich der damals noch jungen Photographie zu, und seine Kinderporträts gelten heute als Kunstwerke von besonderer Qualität. Auch dem Theater und der Malerei galt sein Interesse. Der Dichter Tennyson und der Maler Holman Hunt zählten zu seinem Bekanntenkreis, ebenso der Kunstkritiker John Ruskin, der gleichfalls in Oxford lehrte.

Charles Dodgson war ein sehr religiöser Mensch. Als junger Mann wurde er zum Priester der anglikanischen Kirche geweiht, aber das Amt eines Geistlichen übte er nie aus, da er stotterte und dies als Behinderung beim Sprechen in der Öffentlichkeit empfand. Im Umgang mit Kindern, denen er gern allerhand lustige Geschichten erzählte, war er jedoch frei von dieser Sprachhemmung, und umgekehrt fühlten sich

Kinder stets zu ihm hingezogen. Mit den Kindern des Dekans von Christ Church College, Dr. H. G. Liddell, verband ihn seit 1856 eine herzliche Freundschaft, besonders mit Alice Liddell, die erst knapp vier Jahre alt war, als er sie kennenlernte.

Während eines Ausflugs auf der Themse am 4. Juli 1862, an dem die inzwischen zehnjährige Alice und ihre Schwestern Lorina und Edith teilnahmen, erzählte Dodgson den Kindern eine Geschichte, aus der dann *Alice's Adventures in Wonderland* wurde. Zunächst schrieb er die Geschichte nur auf, um Alice damit eine Freude zu machen. Freunde überredeten ihn dann zur Veröffentlichung, und er überarbeitete und erweiterte seine Erzählung. Ein bekannter Zeichner, John Tenniel, wurde als Illustrator gewonnen, und 1865 erschien unter dem Pseudonym Lewis Carroll eine erste Buchausgabe von *Alice*, der weitere rasch folgten.

Sechs Jahre danach, 1871, veröffentlichte Lewis Carroll eine Fortsetzung, *Through the Looking-Glass*, die – was man von Fortsetzungen nur selten sagen kann – genauso gelungen ist wie der erste Teil und nicht minder erfolgreich wurde. Von seinen späteren Werken verdient *The Hunting of the Snark* (1876) noch besondere Erwähnung, das längste und in seiner komischen Unsinnigkeit konsequenteste Nonsens-Gedicht der englischen Literatur, die ja an Beispielen dieser Gattung nicht arm ist.

Lewis Carroll alias Charles Dodgson starb 1898 in Guildford in der südenglischen Grafschaft Surrey.